Soy otra mujer

Melanie Milburne

Bianca®

HARLEQUIN®

MAR - - 2007

Editado por HARLEQUIN IBÉRICA, S.A.
Hermosilla, 21
28001 Madrid

I.S.B.N.: 84-671-4337-1
Depósito legal: B-40871-2006
Editor responsable: Luis Pugni
Composición: M.T, Color & Diseño, S.L.
C/. Colquide, 6 - portal 2-3º H, 28230 Las Rozas (Madrid)
Fotomecánica: PREIMPRESIÓN 2000
C/. Algorta, 33. 28019 Madrid
Impresión y encuadernación: LITOGRAFÍA ROSÉS, S.A.
C/. Energía, 11. 08850 Gavá (Barcelona)
Fecha impresión para Argentina: 30.4.07
Distribuidor exclusivo para España: LOGISTA
Distribuidor para México: CODIPLYRSA
Distribuidores para Argentina: interior, BERTRAN, S.A.C. Vélez
Sársfield, 1950. Cap. Fed./ Buenos Aires y Gran Buenos Aires,
VACCARO SÁNCHEZ y Cía, S.A.
Distribuidor para Chile: DISTRIBUIDORA ALFA, S.A.

Capítulo 1

NO PRETENDERÁS seguir adelante con ello? –preguntó Nina a su hermana gemela, sin poder creérselo.

–No puedo hacerme cargo de un bebé. Además, desde el principio no quise tenerla –le respondió Nadia, mirándola desafiante.

–¡Pero Georgia es tan pequeña! –objetó Nina–. ¿Cómo puedes siquiera pensar en deshacerte de ella?

–Es fácil, ésta es una oportunidad única en la vida. Si no pongo todo mi empeño en aprovecharla, tal vez no se presente otra –dijo Nadia.

–¡Pero sólo tiene cuatro meses! –gritó Nina–. Le debes a la memoria de Andre sacarla adelante.

–¡No le debo nada! –soltó Nadia–. Pareces olvidar que no quiso reconocerla como hija suya. Ni siquiera aceptó hacerse la prueba de paternidad. Sin duda, fue para no disgustar a la vaca de su novia. Debería de haberme dado cuenta de que no se podía confiar en él. Los hombres de la familia Marcello son conocidos por ser unos playboys; simplemente tienes que leer el periódico de ayer para darte cuenta.

Nina ya había visto la fotografía de Marc Marcello, el hermano mayor de Andre, que aparecía en la edición de fin de semana del periódico *Sydney*. Rara era la semana que pasaba sin que se hiciese mención a su superficial estilo de vida y a todas las mujeres con las que estaba. En lo atractivo que era fue en lo primero en lo que se fijó cuando abrió el periódico.

—¿Sabe Marc Marcello de tu intención de dar a su sobrina en adopción? —le preguntó Nina a su hermana.

—Hace unas pocas semanas le escribí una carta a su padre, que está en Italia, pero se negó rotundamente a reconocer a Georgia como su nieta. Así que le mandé una fotografía de ella. Eso deberá despejar cualquier duda, cuando vea cómo se parece a Andre —dijo Nadia mirándola.

—Pero seguro…

—Por lo que a mí respecta, no quiero tener nada más que ver con la familia Marcello. Les he dado oportunidad de reclamar a Georgia, pero la han rechazado. Es por esto por lo que me marcho para empezar con el plan B.

—¿Marcharte? —Nina miró a Nadia consternada—. ¿Marcharte a dónde?

—A América.

—¿Pero qué pasa con Georgia? —preguntó Nina gritando, mientras su corazón se aceleraba por la preocupación—. No estarás pensando en… —ni siquiera pudo seguir hablando.

—Puedes cuidarla durante un mes o dos, de todas maneras es lo que haces casi todo el tiempo. Además de que está claro que te quiere a ti más que a mí, así que no veo por qué no te la puedo dejar temporalmente. La puedes cuidar hasta que alguien la adopte.

El estómago de Nina se retorció de dolor. Le era difícil entender que a su hermana le trajera sin cuidado la niñita que dormía en el cochecito. ¿Cómo podía ser tan insensible?

–Mira… –dijo Nina, tratando de razonar con ella–. Sé que estás disgustada, sólo han pasado unos pocos meses desde que Andre… se fue.

–Andre no se *fue* a ningún sitio… Andre ha muerto –dijo Nadia furiosa.

–Yo… yo lo sé –dijo Nina mientras tragaba saliva.

–De lo que me alegro es de que se llevara a su estúpida novia con él –añadió Nadia en un tono serio.

–No lo dirás en serio, ¿verdad?

–Pues claro que lo digo en serio. Odio a la familia Marcello y a cualquiera relacionado con ella –dijo Nadia, echándose su rubia melena sobre el hombro–. Tengo la oportunidad de una nueva vida con Bryce Falkirt, en América. Me quiere y me ha prometido un papel en una de sus películas. Será mi oportunidad en la gran pantalla y sería tonto dejarla pasar. Y si juego bien mis cartas, incluso puede que me pida que me case con él.

–¿Le has hablado de Georgia?

–¿Estás chiflada? Pues claro que no. Él cree que Georgia es tu hija –contestó Nadia.

–¿Cómo puedes siquiera plantearte la posibilidad de casarte con él sin contarle tu pasado? –preguntó Nina con preocupación.

–Bryce nunca hubiese considerado estar conmigo si le hubiera contado algo como eso. Él cree que soy muy inocente y voy a asegurarme de que siga pensando de esa manera, incluso si tengo que mentir todos los días para conseguirlo.

–Pero seguro que si realmente te quiere…

–Mira, Nina, no quiero tener la clase de vida que tuvo nuestra madre, pasando de un hombre malo a otro y mandando a los niños a casas de acogida cuando las cosas se ponían difíciles. Quiero tener dinero y estabilidad, lo que no puedo tener si tengo que cuidar de una niña.

—Pero seguro que podrías…

—¡No! —le cortó Nadia con impaciencia—. No te enteras, ¿verdad? No quiero a esa niña; nunca la quise. Tú fuiste la que se opuso a mi idea de abortar, así que pienso que es justo que ahora te ocupes de ella, hasta que encuentre a alguien para una adopción privada.

—¿Adopción privada? —preguntó Nina poniéndose tensa.

—Hay gente que pagaría mucho dinero por una niña tan guapa. Quiero asegurarme de obtener todo lo que pueda. A través de mis relaciones con Bryce, incluso pudiera encontrar algún actor de Hollywood que quiera a Georgia. Piensa en el dinero que estarían dispuestos a pagar —dijo Nadia, mirando a su hermana astutamente.

Los ojos de Nina echaban chispas y el corazón le dio un vuelco.

—¿Cómo puedes hacerle eso a tu propia hija?

—Lo que yo haga no es problema tuyo —dijo Nadia—. Es hija mía, no tuya.

—Deja que *yo* la adopte —suplicó Nina—. Puedo hacerlo. Soy un pariente de sangre, lo que haría todo mucho más fácil.

—No. Voy a utilizar todas las posibilidades que esta oportunidad me ofrece —dijo Nadia. Sus ojos brillaban con inconfundible avaricia—. Si lo piensas, es como un golpe de suerte. Es mi oportunidad de liberarme de la hija de Andre y obtener muchísimo dinero al mismo tiempo.

—Eres tan materialista.

–No soy materialista… soy realista –insistió Nadia–. Seremos gemelas idénticas, pero yo no soy como tú, Nina, y ya es hora de que lo aceptes. Quiero viajar y quiero las comodidades y privilegios de la riqueza. Tú puedes seguir trabajando un montón de horas en la vieja biblioteca… pero yo quiero tener una vida.

–A mí me gusta mi trabajo –dijo Nina, estirándose y levantando la barbilla con orgullo.

–Sí, bueno, a mí me gusta ir de compras, cenar fuera e ir de fiesta. Y me voy a hartar de hacerlo cuando llegue a la mansión de Bryce en Los Ángeles.

–No me puedo creer que vayas a desentenderte de tus responsabilidades. Georgia no es ningún juguete al que puedas apartar a un lado. Por el amor de Dios, es un bebé. ¿Significa eso algo para ti?

–No –dijo Nadia mientras su mirada se encontraba con la de Nina–. No significa absolutamente nada para mí. Ya te lo he dicho… no la quiero –hurgó en su bolso y le acercó unos documentos a su hermana–. Aquí tienes el certificado de nacimiento y el pasaporte de Georgia; guárdalos con cuidado para cuando haya que entregarla –dijo y se dispuso a marcharse.

–¡Espera Nadia! –gritó Nina, mirando el cochecito con desesperación–. ¿Ni siquiera te vas a despedir de ella?

Nadia abrió la puerta y, con una decidida mirada, la cerró tras de sí.

Nina sabía que no tendría sentido correr tras ella para suplicarle que volviera. Durante sus veinticuatro años de vida había estado suplicando a Nadia que pensara lo que hacía, pero sin resultado alguno. Su caprichosa y obstinada gemela había ido de desastre en desastre, causando un incalculable daño y mostrando poco remordimiento. Pero lo de Georgia era lo peor que había hecho.

Se oyó un leve gimoteo dentro del cochecito y Nina se acercó para tomar en brazos a aquella niña tan mona.

—Hola, preciosa —dijo Nina mientras se acercaba el bebé al pecho, maravillada una vez más por las perfectas facciones que tenía—. ¿Tienes hambre, pequeña?

La niña empezó a acurrucarse contra ella y Nina sintió cómo una ola de irresistible amor la invadía. No podía soportar el pensamiento de que entregaran a su sobrina a otra persona. ¿Y si las cosas salían mal y la infancia de Georgia acababa siendo como la de Nadia y ella? Nina lo recordaba todo demasiado bien: las estancias regulares en casas de acogida, con un trato recibido en algunas de ellas mucho peor que en su propia casa. ¿Cómo podía no hacer nada y dejar que lo mismo le pasara a Georgia?

Nina sabía cómo funcionaba el sistema de adopción legal, pero el sistema de adopción privada le preocupaba. Aún más, ¿qué pasaría si alguien completamente inadecuado le ofreciese a su hermana una enorme suma de dinero?

Se dio cuenta de que Georgia estaba mojada y la tumbó en la cama para cambiarla. Al quitarle la última camisetita, no pudo creer lo que sus ojos veían; tenía todo el pecho lleno de moratones y todavía se adivinaban las marcas de unos dedos de tamaño similar a los suyos.

—Oh, Nadia, ¿cómo has podido? —se preguntó Nina tragando saliva, tratando de no llorar por la impotencia que le causaba el no haber sido capaz de evitar que su sobrina sufriera lo mismo que ella había sufrido de pequeña.

Nina decidió en ese momento que iba a hacer lo que fuese para quedarse con Georgia. Seguro que habría algún modo de convencer a Nadia de que la dejara quedarse con el bebé.

No le sería fácil hacerse cargo de un bebé con su salario, pero de alguna manera lo conseguiría. No permitiría que su hermana siguiese adelante con aquello.

Ella se convertiría en la madre de Georgia, nadie iba a apartarla de su sobrina.

Marc Marcello frunció el ceño cuando su secretaria le informó de que su padre lo llamaba por teléfono desde Villa Marcello, en Sorrento, Italia.

—¡Marc! Tienes que hacer algo con esa mujer inmediatamente —le espetó Vito Marcello a su hijo cuando éste tomó el teléfono.

—Supongo que te refieres a la mujerzuela con la que estuvo Andre, ¿no? —contestó Marc suavemente.

—Será una mujerzuela, pero también es la madre de mi única nieta —masculló Vito.

—¿Qué es lo que te hace estar tan seguro de repente? Andre no quiso hacerse la prueba de paternidad, dijo que siempre había utilizado protección.

—Tal vez utilizase protección, pero ahora tengo razones para pensar que esa protección falló. He recibido una carta que tengo aquí delante con una fotografía de la niña —la voz de Vito se entrecortaba a medida que hablaba—. Es exactamente igual a como era Andre a esa edad. Estoy seguro de que es hija de Andre.

Marc apretó los labios tratando de controlar sus

emociones. La muerte de su hermano menor le había destrozado, pero por su padre, enfermo terminal, había seguido en el negocio familiar sin tomarse un respiro. La sucursal de Sidney del banco Marcello estaba en plena expansión y tenía la intención de seguir trabajando muchas horas cada día para tratar de apartar el dolor que le causaba la muerte de su hermano.

—Papá —dijo Marc con voz profunda—. Todo esto es muy difícil de digerir…

—Tenemos que tener a esa niña —insistió su padre—. Es todo lo que nos queda de Andre.

—¿Cómo pretendes conseguir quedarte con la niña? —preguntó Marc con incertidumbre.

—Como de costumbre —contestó con cinismo su padre—. Ofreciendo el dinero suficiente, hará lo que le pidas.

—¿Cuánto dinero planeas que me gaste en esto? —preguntó Marc.

Vito dijo una cifra que dejó perplejo a Marc.

—Eso es mucho dinero.

—Lo sé —estuvo de acuerdo su padre—. Pero no puedo correr el riesgo de que no acepte. Después de la respuesta que le di a su anterior carta quizá se quiera vengar y no nos deje acercarnos a la niña.

Marc recordó el contenido de aquella carta, su padre le había mandado una copia. No era muy agradable. Perfectamente se podía imaginar a aquella mujer reaccionando de forma vengativa, especialmente si lo que decía era verdad… que Andre era el padre de su hija.

Estaba al tanto de la fama que tenía Nadia Selbourne, aunque no la conocía personalmente. Sin embargo, había visto una o dos fotos de ella. Mostraban a una mujer guapa, con un largo pelo rubio, ojos inusualmente grises y un cuerpo que hacía volver la cabeza a los hombres. Su hermano había estado perdidamente enamorado de ella hasta que mostró su verdadero carácter. Todavía recordaba cómo Andre le describió la reacción que tuvo Nadia cuando éste la informó de que su corto pero intenso romance se había acabado. Lo había perseguido y acosado sin cesar durante meses.

Pero, de alguna manera, el pensar que la sangre de su hermano corría a través de las diminutas venas de la niña le causaba un inesperado y profundo sentimiento.

–Marc, lo tienes que hacer. Es una cuestión de honor familiar. Andre habría hecho lo mismo por ti –le dijo su padre con voz desesperada.

No era ningún secreto en la familia Marcello que Andre había sido siempre el favorito de su padre. Con su encantadora personalidad, se había ganado a todos casi desde el mismo día en que nació. Marc era más serio.

Se encogió de hombros al pensar en el plan de su padre. Se preguntaba si sería difícil convencer a aquella mujer de que les dejara la niña. Si aceptaría el dinero y se iría o si insistiría en algo más formal como…

Se le revolvió el estómago al recordar lo que su hermano le había contado sobre las pretensiones de conseguir un marido rico por parte de Nadia.

¡Pero seguro que su padre no quería que llegara tan lejos!

Hasta aquel momento, se las había arreglado para evitar la presión de casarse, aunque estuvo a punto de hacerlo hacía algunos años. Aquello acabó bastante mal y desde entonces había evitado comprometerse emocionalmente. Por el contrario, Andre siempre había dejado claro que se iba a casar joven y que tendría

muchos herederos para asegurar la dinastía Marcello.
Marc había decidido que no se podía confiar en las
mujeres cuando había dinero de por medio. Y en la familia Marcello había mucho dinero.

Su corazón se encogió al pensar en cómo sería su
sobrina, se la imaginó con el pelo y los ojos oscuros de
su padre.

–¿Lo vas a hacer? –presionó Vito–. ¿Harás esto por
mí y por tu difunta madre?

La simple mención de su madre siempre le hacía
desgarrarse de dolor. Todavía se acordaba de la manera
en la que ella le sonrió y le saludó con la mano desde
el otro lado de aquella bulliciosa calle de Roma, justo
antes de que aquel coche la atropellara.

Marc no podía evitar pensar que si le hubiese dicho
la verdad de por qué iba a llegar tarde, tal vez su madre
no hubiera muerto. Su padre le había suplicado que no
pensara aquello, pero aun así su sentimiento de culpa
no había disminuido.

Cuando al poco tiempo de la muerte de su madre
murió su hermano, no pudo evitar pensar que su padre
habría sufrido mucho menos si hubiese sido él y no su
hermano el que iba en aquel coche.

–Veré lo que puedo hacer… –respondió resignado.

–Gracias –el alivio que denotaba la voz de su padre
era inconfundible.

Marc sabía que los días que le quedaban de vida a
su padre estaban contados. Y esos días serían mucho
mejores si pudiera abrazar a su única nieta.

–Puede que incluso se niegue a verme –le advirtió
Marc a su padre, recordando otra vez aquella injuriosa
carta que le mandó a Nadia–. ¿Has pensado en esa posibilidad?

–Haz lo que tengas que hacer para que entre en razón –le ordenó Vito–. Y quiero decir lo que sea. Esto es simplemente un negocio. Las mujeres como Nadia Selbourne no se merecen otra cosa.

Marc se preguntó qué clase de mujer era Nadia, capaz de negociar con la vida de una niña pequeña.

Colgó el teléfono unos minutos después y pensó en lo que acababa de prometer. Iba a visitar a la persona que más odiaba en el mundo… a la persona que consideraba responsable de la prematura muerte de su hermano.

Capítulo 2

NO MUCHO después de que Nina acabara de dar de comer a Georgia y la hubiese arreglado aquel lunes por la mañana, sonó el timbre de su puerta. Se preguntó qué querría su anciana vecina, Ellice Tippen, que ya le había pedido un cartón de leche y media caja de galletas cuando ni siquiera era la hora de comer.

Abrió la puerta sonriendo, pero la sonrisa se le heló en los labios cuando vio a una persona alta y de ojos oscuros, casi negros, en su puerta.

—¿La señora Selbourne?

—Sí... soy yo —respondió, llevándose instintivamente una mano a la garganta.

La persona que estaba de pie delante de ella era incluso más deslumbrante en persona que en la foto del periódico. Llevaba un traje que realzaba su musculoso cuerpo. Su mirada, sin embargo, no era precisamente amistosa.

—Supongo que sabe quién soy —dijo él con voz profunda.

—Yo... sí...

Marc había visto desde la puerta que Nina tenía el periódico, sobre la mesa del café, abierto por la página donde aparecía su foto. Ella había pensado tirarlo, pero por alguna razón no lo había hecho. No sabía muy bien por qué.

–Tengo entendido que tiene a la hija de mi hermano –dijo Marc, cortando el tenso silencio.

–Sí... es verdad –a Nina le vinieron a la mente los moratones de Georgia y su corazón se aceleró. El miedo se apoderó de ella. ¡Tenía que mantenerlo alejado de su sobrina!

–Me gustaría verla.

–Ahora mismo está durmiendo así que... –dijo Nina, sin terminar la frase, esperando que él se diera cuenta de la indirecta, cosa que no sucedió.

Cuando iba a cerrar la puerta, él puso el pie para impedirlo.

–Tal vez no me haya escuchado, señora Selbourne –su tono de voz se volvió más duro–. Estoy aquí para ver a la hija de mi hermano y no me marcharé hasta que la vea.

–Si la despierta, me voy a enfadar mucho –dijo Nina apartándose de la puerta.

–Andre me lo contó todo sobre usted –dijo Màrc, mirándola con desprecio cuando finalmente entró en el piso.

Nina frunció el ceño confundida; no conoció al amante de su hermana.

–Me contó que usted era problemática y ahora me doy cuenta de hasta qué punto lo es –siguió diciendo Marc, al ver que ella no respondía.

Nina se quedó mirándolo, dudando si debía sacarlo de su error de pensar que ella era su hermana, pero al final dejó que siguiera creyéndolo con el fin de ver cuáles eran sus intenciones con respecto a Georgia. Tendría que aparentar ser Nadia por unos minutos para decirle a Marc que había cambiado de idea respecto a lo que le decía en la carta que le mandó a su padre, que ya no quería entregarle a *su* hija.

No era la primera vez que se hacía pasar por su hermana, lo había hecho muchas veces para engañar a su madre. Y si lo había conseguido con su madre, Marc Marcello sería pan comido.

—Considerando el comportamiento de su hermano, resulta irónico que me criticara —dijo Nina resueltamente.

—¿Cómo se atreve a calumniar a mi hermano muerto? —dijo él con una mirada amenazante.

—Era un embaucador. Mientras estaba conmigo y me dejó embarazada de Georgia, estaba comprometido con otra —dijo Nina levantando la barbilla.

—Estaba formalmente comprometido con Daniela Verdacci —dijo Marc con amargura—. Llevaban juntos desde que eran unos quinceañeros. Usted puso sus ojos en él, sin duda atraída por su dinero, pero él sólo tenía ojos para Daniela. Por mucho que yo lamente y deteste que la niña sea de mi familia, el hecho es que es así y tiene derecho a ver a su familia paterna.

—Seguro que esa decisión es mía.

—Me temo que no, señora Selbourne —el tono de su voz se hizo amenazador—. Tal vez no se haya dado cuenta de con quién está tratando. A no ser que haga lo que yo digo, voy a hacer todo lo que esté en mi mano para apartar a la niña de usted, para que no la mancille con su falta de moralidad.

Nina sabía que podía hacerlo. Casi todo el mundo en Australia conocía el poder de la familia Marcello, que se extendía por todo el mundo.

Aunque se esforzó al máximo para no parecer intimidada, nunca había estado más aterrorizada. Si descubría que no era la madre de la niña, se podría llevar a

Georgia en ese preciso momento y ella no podría hacer nada para impedirlo.

Pero no se iba a dar cuenta, no si ella podía evitarlo.

Armándose de valor, se puso en pie delante de él, desafiándolo con la mirada.

–Pareceré una mujer de escasa moral, pero permítame que le diga que quiero a esa niña y que no me voy a quedar quieta mientras un arrogante playboy me la arrebata. Es un bebé y necesita a su madre.

Mirándola, Marc se dio cuenta de la tentación que habría supuesto aquella mujer para su hermano. Su cara era increíblemente seductora, así como su brillante pelo rubio. Pensó que había recuperado la figura rápidamente, pues hacía poco que había tenido a la niña. De todas formas, sabía que aquella apariencia de inocencia era sólo la fachada tras la cual se escondía una mujerzuela hambrienta de dinero, que había tratado de cazar a su hermano con el viejo truco de siempre: quedándose embarazada.

–En circunstancias normales estaría de acuerdo con usted –dijo Marc–. Si usted fuera una madre maravillosa, yo sería la última persona en sugerir que la niña fuera criada por otra persona. Sin embargo, su pasado no inspira la confianza suficiente para creer que sea capaz de criar y educar a la hija de Andre. Después de todo, usted mandó una carta a mi familia, en Italia, exponiendo su intención de dar a la niña en adopción.

–Yo… fue una reacción instintiva. Estaba disgustada y no pensaba con claridad –dijo rápidamente Nina–. No tengo ninguna intención de entregársela a nadie. Georgia es mía y nadie, y quiero decir *nadie*, me la va a quitar.

–Qué fallo he tenido –dijo él sacando su cartera–.

Debería haber sabido que me iba a apretar las clavijas. ¿Cuánto quiere?

Nina lo miró sin comprender lo que decía.

–Supongo que es el dinero lo que hay detrás de toda esta táctica dilatoria –dijo Marc.

–No sé de lo que me está hablando –dijo Nina. De repente se le secó la garganta.

–Vamos, Nadia, soy rico. Creo que puedo pagarle lo que quiera, ponga un precio –dijo con una sonrisa sarcástica mientras abría su cartera.

A Marc le sorprendió cuánto le estaba divirtiendo jugar con ella, sabiendo que en cualquier momento sucumbiría a la tentación del dinero.

–Mi verdadero nombre es Nina y no quiero su estúpido dinero.

–Creía que su nombre era Nadia. Estoy seguro de que eso es lo que me dijo Andre, ¿o es otra de sus mentiras? –dijo Marc, preguntándose a qué juego estaría jugando ella.

–Nina es mi verdadero nombre, simplemente pensé que Nadia era un poco más sofisticado. Pero he cambiado de opinión –dijo Nina, adoptando una expresión que solía poner su hermana–. ¿Cómo supo dónde encontrarme?

–Sólo hay una señora N. Selbourne en la guía telefónica de este barrio.

Aunque después del nacimiento de Georgia, Nadia se había mudado a vivir con ella, había dejado el teléfono sólo a su nombre, dado que su hermana no pagaba muchas facturas.

–Bueno, Nina… entonces –Marc dijo su nombre de forma insinuante–. Si no quiere dinero, ¿qué es lo que quiere?

–Nada.

–Sé por experiencia que las mujeres como usted siempre quieren dinero, aunque digan lo contrario –dijo Marc sonriendo cínicamente.

–Su experiencia debe de haber sido muy limitada, le aseguro que no necesito su dinero.

–Tal vez no el mío, pero debe estar al corriente de que mi hermano dejó al morir un considerable patrimonio. Usted es la madre de su hija, lo que significa que ella tiene el derecho de reclamar parte, si no todo, de ese patrimonio cuando tenga la edad suficiente.

Nina tragó saliva, el asunto se estaba complicando cada vez más.

–No estoy interesada en el patrimonio de Andre.

–¿Pretende que me crea eso? –masculló Marc–. Puedo ver en sus ojos que quiere el dinero. Mire este sitio, huele a pobreza. ¿Cree que voy a permitir que mi sobrina viva en un tugurio como éste?

–Es todo lo que me puedo permitir por el momento –dijo Nina con orgullo.

–Eso… por el momento. No hay duda de que ya le habrá echado el ojo a otro incauto desprevenido –la miró con asco y continuó–. Debe ofrecer algo bastante especial para que alguien se líe con usted cuando tiene un bebé a su cargo.

Aunque las palabras de Marc iban dirigidas a su hermana, Nina se defendió.

–¿Está ofreciéndome continuar donde Andre lo dejó? –le preguntó en un tono provocativo.

Los oscuros ojos de Marc mostraban un odio tan intenso, que Nina se puso nerviosa.

–Me doy cuenta del juego que quiere jugar.

–Lo único que quiero de usted es que se vaya de mi

casa. No está ni siquiera un poco interesado en mi so… em… hija –Nina tomó aire–. Si no se va, voy a tener que llamar a la policía para que lo echen de aquí.

Durante unos interminables segundos, sostuvieron la mirada, pero finalmente Nina fue la primera en apartar la suya.

–Por favor, márchese, señor Marcello. No tengo nada más que decirle.

–Quiero ver a mi sobrina –el tono firme de su voz hizo que Nina volviese a mirarlo–. Quiero ver a la hija de mi hermano.

Nina apretó los labios al ver el esfuerzo que hacía él para controlar sus emociones. No había esperado en él tales sentimientos y la avergonzó ver lo duramente que lo había juzgado.

–Lo siento –dijo Nina entrecortadamente.

–¿De verdad lo siente?

No le respondió y se acercó al cochecito de la niña para destaparla y que él la pudiese ver.

Marc se quedó mirando a la hija de su hermano durante bastante tiempo. El silencio era tan intenso, que Nina podía oír la respiración de Marc, quien trataba de controlar la emoción que le había causado ver a su sobrina por primera vez.

–¿Puedo tomarla en brazos?

–Umm… no creo…

–Por favor, me gustaría tener en mis brazos a la hija de mi hermano. Es todo lo que me queda de él.

Nina le entregó la pequeña a Marc y observó cómo cientos de emociones se reflejaban en sus bellas facciones.

–Es… preciosa –el tono de su voz era ronco.

–Sí, lo es.

–¿Qué nombre le ha puesto? –preguntó Marc mirando de nuevo a Nina.

–Georgia –respondió Nina, bajando su mirada un segundo.

Nina se sorprendió de la soltura con la que Marc sujetaba a la niña.

–¿Tiene un segundo nombre?

–Grace –respondió Nina. Se había emocionado mucho cuando su hermana le dijo los nombres que le iba a poner a la niña; Grace era también el segundo nombre de Nina. Creyó que su hermana había cambiando, pero a las pocas semanas de nacer Georgia ya había vuelto a su loca vida de fiestas nocturnas y alcohol.

–Creo que se parece a Andre, ¿no cree? –preguntó Nina para romper con el silencio que se había apoderado de la habitación.

–¿La vio alguna vez Andre? –preguntó Marc en vez de contestar a la pregunta de Nina.

–No.

Nina se había puesto furiosa cuando su hermana le comentó que Andre no había querido ver a la niña y se preguntó si aquélla sería la razón por la cual su hermana no había querido a la niña. Durante su embarazo, Nadia había tenido muchas esperanzas en que Andre se enamorara de la niña cuando la viera y eso habría ayudado para que le propusiera matrimonio. Cuando se negó a hacerse la prueba de paternidad para saber si era su hija o no, Nadia cayó en una depresión a la que siguió su actitud insensata.

–No –repitió Nina con amargura–. Supongo que estuvo muy ocupado preparando su boda.

En un determinado momento, a Nina le resultó difícil sostener la mirada de Marc, por la manera en que lo estaba engañando, y se dio cuenta del juego tan peligroso al que estaba jugando. No sabía si habría alguna ley contra la suplantación de personalidad, pero si Marc Marcello lo descubría, estaba segura de que se lo haría pagar.

—Señora Selbourne —su profunda voz atrajo la mirada de Nina.

—¿S… sí? —Nina se humedeció los labios, intuyendo que Marc seguiría con las mismas intenciones.

—Quiero ver a mi sobrina regularmente y supongo que sabrá que, si se niega, lo conseguiré legalmente.

—Soy su madre —dijo Nina furiosa—. Ningún tribunal de Australia me quitaría la custodia.

—¿Cree que no? ¿Y si les cuento la aventura amorosa que tuvo con un destacado político pocas semanas después de dar a luz a la hija de mi hermano?

Nina no sabía absolutamente nada de lo que Marc estaba diciendo y se preguntó, aterrorizada, qué habría hecho su hermana.

—Ve, señora Selbourne, conozco todos sus trapos sucios y los voy a utilizar para conseguir lo que quiero. Sé que chantajeó al pobre tonto cuando éste le dijo que la relación se había acabado. Tuvo suerte de que la prensa no se enterara, pero una sola palabra mía y… —dijo Marc, advirtiendo las señales de alarma en la cara de Nina—. Ya sabe lo que sigue.

—¿Qué es exactamente lo que quiere? —sus palabras salieron como perdigones.

Marc esperó un poco antes de contestar. Hasta aquel momento, antes de conocer a Georgia, había pensado en tomar a la niña y llevársela con él, después de darle dinero a la madre. Pero después de ver cómo era de cariñosa Nina con ella, pensó que no sería buena idea apartar a la niña de su madre. Aparte de que Nina tenía la injuriosa carta que le mandó el padre de Marc, que jugaba en contra de los Marcello.

Lo que dejaba a Marc con sólo una vía de acción.

—Quiero reconocer a la hija de mi hermano como mía.

—¡No puede hacer eso! ¡No le pertenece! ¡Es de… es mía!

—Sabe que puedo.

—¿Cómo?

El miedo se apoderó de ella cuando sus miradas se encontraron.

—Quiero a esa niña y voy a hacer lo que sea para tenerla, incluso si eso significa que me tengo que atar a usted para conseguirlo.

Nina parpadeó, preguntándose si le habría entendido bien.

—¿Atarse? ¿Qué quiere decir con *atarse*?

—Mi hermano no quiso casarse con usted, pero yo no tengo tantos escrúpulos. Será mi esposa dentro de quince días, o me aseguraré de que no vea a su hija nunca más.

—¿Realmente cree que me va a coaccionar de tal manera? —dijo Nina indignada.

—Andre me dijo que su mayor aspiración en la vida era casarse con un hombre rico, así que aquí estoy, dispuesto a ser su esposo.

Pensó en decirle la verdad, que ella en realidad era la gemela de Nadia, esperando que él entendiera su necesidad de proteger a su sobrina, pero cambió de opinión en el último momento al ver sus aires altivos. No pensaba entregar a su sobrina sin luchar. Estaba dispuesta a todo, incluso si ello le costaba su libertad.

—Supongo que un playboy malcriado como usted cree que puede conseguir lo que quiera.

—Desde luego que le pagaré una buena cantidad de dinero —dijo mirándola con sus oscuros ojos—. ¿Cuánto quiere?

Nina sabía que Nadia habría pedido una suma escandalosa de dinero, pero algo le impedía llevar la farsa tan lejos. Además, la pequeña Georgia dormía a pocos metros de donde estaba Marc y había tenido suerte de que no le hubiera visto los moratones.

—Si cree que puede casarse conmigo, se ha equivocado —le dijo en un tono irónico.

Nina sabía que su enfado debía ser con Nadia y no con el hombre que tenía delante, pero todo en él la sacaba de quicio.

—Ya se lo he dicho antes, no quiero su dinero. Me sentiría manchada si tomara algo de usted.

—Buen intento, señora Selbourne —dijo Marc—. Me doy cuenta de lo que está haciendo. Pretende aparentar no ser la joven avariciosa que sedujo a mi hermano, pero no crea que me puede engañar tan fácilmente: ya lo he decidido y va a hacer lo que yo diga, sin importar si acepta el dinero o no.

Nina trató de disimular el efecto que le causaron aquellas palabras y pensó en la manera de poder salir de la absurda situación en la que se encontraba.

—Necesito un poco de tiempo para pensar sobre esto —dijo un poco nerviosa—. Quiero analizar todas las cosas antes de actuar.

—No estoy aquí para negociar, señora Selbourne —dijo Marc obstinadamente—. Estoy aquí para aceptar la responsabilidad de ser el padre de Georgia y quiero hacerlo lo antes posible.

Nina lo miró alarmada. Se notaba por el tono de su voz que solía conseguir lo que quería y que llegaría hasta donde fuese para conseguirlo.

«Dile la verdad», se dijo, «dile quién eres».

Trató de pensar, de aclararse las ideas, pero era difícil con él delante de ella analizando cada expresión de su cara.

Se planteó aceptar lo que él pedía en aquel momento. Había hablado de dos semanas y seguro que para entonces sabría cómo salir de aquel embrollo. Nadia pronto se pondría en contacto y sería capaz de resolver aquello. ¡Ella no se podía casar con un extraño!

—Tendré los documentos necesarios preparados inmediatamente —dijo Marc, que había tomado el continuo silencio de Nina como que consentía casarse con él.

—Pero… —Nina dejó de hablar, su corazón le dio un salto en el pecho cuando pensó en lo que había hecho. Seguro que él no hablaba en serio—. Cu… cuando quiere que me… —le fue difícil terminar la frase, ya que Marc la miraba con un enorme desprecio.

—Tal vez deba aclarar algo en este momento. Yo no la quiero, señora Selbourne. Esto no será un matrimonio de verdad, en el estricto sentido de la palabra.

—¿Quiere decir que no será legal? —preguntó Nina frunciendo el ceño, tratando de entender lo que quería decir Marc.

—Será legal, no haría esto de otra manera. Pero sólo será un matrimonio en los documentos, no en la realidad.

—¿Un matrimonio sólo en los documentos?

—No consumaremos la relación —estableció Marc implacablemente.

Nina sabía que debía sentirse aliviada después de escuchar aquello, pero por alguna inexplicable razón estaba enfadada. Sabía que no era tan despampanante como Nadia, pero tenía una buena figura y sus rasgos eran atractivos. No le sentó bien que despreciara su atractivo físico.

–¿Espera que confíe que usted va a cumplir con eso? –preguntó con un cierto tono de cinismo.

–Que me muera si no lo cumplo –le dijo Marc jurándoselo.

Aquel aire de extrema confianza que tenía Marc tentó a Nina a echarle una de las miradas seductoras que había visto que su hermana lanzaba a los hombres. Se puso una mano en la cadera y con una provocadora sonrisa le dijo:

–Entonces tengo que decir que es usted hombre muerto, señor Marcello.

Capítulo 3

NINA era exactamente como la había descrito Andre; pasaba de ser una chica desvalida a transformarse en una bomba sexual. Marc tenía que admitir que era una combinación embriagadora, pero mientras que Andre no se había podido resistir, él tenía la confianza de que se controlaría. Nina Selbourne era todo lo contrario de lo que él buscaba en una pareja.

Se había resistido a muchas mujeres que se ponían preciosas con la esperanza de conseguir un marido rico. Durante la mayor parte de su vida, había estado rodeado de ellas.

–Yo no soy como mi hermano, señora Selbourne –la informó fríamente–. Mis gustos son un poco más exquisitos.

–Puedo hacer que se coma esas palabras, los dos lo sabemos. Vi cómo me miró cuando abrí la puerta –le dijo Nina, deseando abofetearle.

–Admito que estaba un poco intrigado por ver lo que había hecho que mi hermano actuara tan imprudentemente –su mirada se posó sobre el pecho de Nina–. Pero le aseguro que no me atraen las mujeres superficiales como usted.

–Supongo que este acuerdo matrimonial que propone le deja libre para tener relaciones sentimentales con quien quiera cuando quiera –dijo Nina.

–Si la necesidad se presenta, haré todo lo que pueda para ser discreto.

–¿Y yo qué? –preguntó Nina–. ¿Puedo hacer lo mismo?

Marc no respondió inmediatamente y estuvo un rato considerándolo.

–Y entonces… –dijo Nina.

–No.

–¿No?

–Rotundamente no –dijo Marc, negando con la cabeza.

–No puede hablar en serio.

–Estoy hablando totalmente en serio –aclaró Marc.

–¿No esperará que acceda a este doble rasero? –preguntó Nina–. ¿Qué es lo que se supone que saco yo de este trato?

–Usted se queda con su hija y saca la ventaja de un marido rico.

–Creía que los hombres como usted, tan machistas, se extinguieron con los dinosaurios.

–Yo no soy de naturaleza machista, pero estoy seguro de que le vendrá bien ser casta por un tiempo, para concentrarse en sus responsabilidades como madre.

Sin poder evitarlo, a Nina se le escapó una risa irónica. Al contrario que su hermana, que perdió la virginidad cuando tenía catorce años, ella todavía era virgen. Pero no iba a sacarle de su error, una parte de ella estaba disfrutando con todo aquello.

–¿Le divierte la posibilidad de ser responsable? –preguntó Marc con desprecio.

–Es usted tan gracioso, señor Marcello –dijo ella–. Todo este asunto de ser casta es divertidísimo. No he sido casta durante diez años y no voy a empezar a serlo por usted.

Marc la miró con enfado y Nina se dio cuenta de cómo retenía las manos para no tocarla.

Un hormigueo inesperado surgió entre los muslos de Nina cuando pensó en la posibilidad de que Marc la tocara.

Lo miró y se humedeció los labios al pensar cómo sabría su boca, sintiendo un cosquilleo por sus pechos.

Marc sintió que el deseo le golpeaba en el estómago. Trató de controlarse, enfadado consigo mismo porque había estado muy seguro de ser capaz de resistirse a ella. Pero algo de ella le impresionó profundamente. Irradiaba sexo y su piel se erizaba con sólo pensar que ella lo tocara.

—Aunque parece reacia a aceptar lo que pido, voy a hacer una pequeña concesión –le anunció–. Durante un mes después de nuestro matrimonio, los dos nos mantendremos castos, ¿qué le parece?

—¿Un mes? Umm… creo que podré soportarlo –contestó Nina–. Pero no por más tiempo o me volveré loca. Pero entonces… por lo que he oído de usted… –dijo dirigiéndole una sonrisa sexy y mirándolo de arriba abajo–… tal vez usted también se vuelva loco.

—Creo que seré capaz de contenerme –le respondió fríamente.

—¿Eso quiere decir que ahora no tiene novia?

—No estoy saliendo con nadie.

Nina no pudo evitar preguntarse cómo sería tenerlo por novio. Era increíblemente guapo, sus cautivadores ojos oscuros desprendían pasión. Sabía que no se podría resistir si él se acercaba a besarla.

Georgia gimoteó un poco al despertarse, por lo que

Nina se acercó y la acunó hasta que a los pocos minutos se volvió a dormir, consciente de que Marc la estaba mirando, sin duda analizando sus habilidades como madre.

Cuando estuvo segura de que la niña estaba dormida, se dio la vuelta y miró a Marc.

—Antes ha dicho que pretende que la boda sea dentro de dos semanas, ¿por qué tanta prisa? —preguntó Nina.

—Mi padre tiene una enfermedad terminal. Desea ver a su única nieta antes de morir. No hay mucho tiempo.

—Quince días es poco tiempo para preparar una boda —dijo Nina, mordisqueándose el labio inferior.

—Yo me encargo de todo. Usted no tiene que hacer nada, salvo ir al registro.

Nina sabía que era patético sentirse decepcionada en un momento como aquél, pero si tenía que seguir adelante con todo aquello, su sueño de casarse de blanco en una iglesia se echaría a perder.

—¿Y qué pasa con el vestido? —preguntó Nina, tratando de no pensar en las razones que tenía Marc Marcello para casarse con ella.

—Me da igual lo que se ponga —contestó Marc—. No obstante, creo que sería muy inapropiado que fuera de blanco —dijo y miró al cochecito—. ¿No le parece?

—Me gusta ir de blanco, me favorece —dijo Nina.

Marc estaba seguro de que estaría deslumbrante aunque se pusiera un hábito de monja.

—Póngase lo que quiera. De todas maneras, la ceremonia durará sólo unos minutos. Voy a citarme con mi abogado para redactar los documentos necesarios. Le recuerdo que si no cumple el trato no me quedará otra salida que quitarle la custodia de Georgia. Y no piense que no puedo hacerlo, porque le aseguro que puedo y que lo haré si es necesario.

–Voy a cumplir el trato –dijo Nina, deseando que no se diera cuenta de su miedo a ser descubierta.

–Sí, supongo que sí –dijo Marc, sosteniendo la mirada de Nina con prudencia–. Desde luego, le daré una asignación durante el tiempo que dure nuestro matrimonio. ¿Qué hará con tanto dinero?

–Seguramente comprar, comprar y comprar –contestó Nina, encogiéndose de hombros como hacía su hermana.

–Es usted una sibarita. ¿Ha trabajado decentemente algún día de su vida?

–¿Trabajar? –preguntó Nina con repugnancia–. ¿Por qué hay que trabajar cuando en vez de eso puede uno divertirse?

–Me pone enfermo. Me cuesta entender cómo mi hermano se sintió atraído por usted. Daniela tuvo que posponer la boda por su culpa. Si usted no hubiera aparecido, Andre…

–Qué fácil echarle la culpa a la otra –le espetó Nina en defensa de su hermana–. Él no tenía por qué haberse ido conmigo, si lo hizo fue porque quiso.

–Usted lo persiguió durante meses –contestó Marc–. Me contó lo persistente que era usted y cómo le fue imposible mantenerla alejada.

–Creo que no me equivoco si digo que se lo pasó bien mientras duró nuestra relación. Y le apuesto a que usted también lo pasaría bien.

–Siento decepcionarla, pero eso no ocurrirá. Conoce los términos del acuerdo y, si trata de hacer algo distinto, usaré todas las armas que estén a mi disposición.

–¿Irá a la ceremonia algún pariente suyo? –preguntó Nina tratando de ocultar su inquietud.

–No, mi padre no puede viajar y mi madre está... –dudó antes de continuar–. Ella murió hace un par de años.

Nina no pudo evitar sentir lástima por el padre de Marc, por el dolor que tendría por haber perdido a su mujer y a su hijo en tan corto espacio de tiempo. Se imaginaba que Marc también sentiría mucho dolor, lo que hizo que su enfado disminuyera.

–Debe ser un momento muy duro para todos ustedes –dijo Nina con tacto.

–¿Cómo se atreve a compadecerse de nosotros? Si no hubiese sido por usted, mi hermano estaría vivo –preguntó Marc mirándola con asco.

Nina no sabía a lo que se refería y lo miró impactada.

–Eso es una acusación muy dura –logró decir–. ¿Qué pruebas tiene para confirmarlo?

–Usted fue la última persona que estuvo con Andre antes de que fuera a buscar a Daniela al aeropuerto.

Nina no conocía ese pequeño detalle y se preguntó por qué su hermana no se lo había contado.

–¿Y? –dijo tratando de aparentar indiferencia, aunque se le estaba revolviendo el estómago por la consternación.

–Daniela estaba disgustada, lo cual es comprensible, por lo que había pasado mientras ella estuvo en Milán –explicó Marc–. Amenazó con suspender la boda, pero Andre afirmó que su relación con usted había terminado. Daniela supo lo del bebé y eso causó muchos problemas entre ellos. Vivió lo suficiente después del accidente para contarme que Andre estaba

muy alterado cuando fue a buscarla al aeropuerto, porque usted lo había ido a visitar la noche anterior ha-
ciéndole sus vergonzosas exigencias. No durmió bien
y no tuvo la suficiente concentración mientras conducía para evitar el accidente cuando un camión se saltó
un semáforo en rojo.

—¿Y cree que es mi culpa? –preguntó Nina con dureza–. ¡Yo no conducía el camión!

—Por lo que a mí respecta, como si hubiese sido usted misma la que lo conducía. Andre se avergonzaba
de haber tenido una relación con usted. Llegó casi a
destruir su relación con Daniela.

—Debió pensar en las consecuencias antes de empezar una relación conmigo.

—¿No cree que es al revés? –preguntó Marc–. No
era Andre el que, aquella primera noche, estaba des-
nudo en la cama del hotel… era usted.

Nina trató de esconder la impresión que le causaron
aquellas palabras. En realidad, Nadia le había contado
muy poco sobre todo aquello.

—¿Y qué? –dijo Nina–. Pudo haber dicho que no.

—Hay muy pocos hombres que podrían decir que no
con una tentación como ésa delante de ellos.

—¿Así que admite que se siente un poco tentado usted mismo? –preguntó Nina, inclinando provocativa-
mente su cabeza hacia él.

Marc se acercó a ella, con tal expresión de odio que
hizo que Nina retrocediera.

—Quizá tenga usted el cuerpo de una diosa y la cara
de un ángel, pero yo no le tocaría ni siquiera si lo nece-
sitara para seguir viviendo.

El orgullo femenino hizo que Nina levantara su barbilla y lo mirara desafiante.

–¿Quiere apostar algo a que se sentirá tentado por mí?

Nina supo, por la expresión de la boca de Marc, que había llevado las cosas demasiado lejos. Pero era muy tarde para echarse atrás.

–Vale –dijo Marc finalmente–. Haré una apuesta. Si le toco en un modo distinto al normal durante nuestro matrimonio, gana la apuesta. Le doblaré la asignación.

Nina se dio cuenta de que Nadia ya habría preguntado cuánto dinero le iba a dar.

–Um… ¿Cuánto planea pagarme?

–Le aseguro que mucho más de lo que usted merece la pena.

Aquellas palabras llenaron de odio los ojos de Nina y sintió el enfado expandirse por todo su cuerpo.

–Eso habrá que verlo –dijo imitando el coqueto tono de voz de Nadia. Aunque sonreía seductoramente, Nina se carcomía por dentro.

–Adelante, señora Selbourne, adelante y consiga que pague.

Antes de que pudiera contestar, Marc se marchó dando un portazo.

Si le decía a Marc quién era realmente, éste tendría aún más razones para reclamar a Georgia.

El corazón de Nina volvió a dar un brinco al pensar en aquella boda, en estar atada formalmente a aquel hombre y tener que estar ocultando su verdadera identidad. Pero a no ser que Nadia volviera y reclamara a su hija, Nina sabía que tendría que continuar con aquella farsa durante el tiempo que fuese necesario. No podía hacer otra cosa, Georgia la necesitaba y no podía fallarle.

Cuando el teléfono sonó, lo tomó con su todavía temblorosa mano.

–¿Nina? –dijo Nadia como si no pasara nada–. Pensé en llamarte durante el viaje. Voy a estar en Singapur durante unas horas.

–¿Tienes idea de lo que has hecho? –le preguntó Nina.

–Sé que no estás de acuerdo con que deje a Georgia –dijo Nadia–. Pero para serte sincera, no me importa. Yo quiero…

–Cállate y escúchame –le espetó Nina–. ¿Cómo le puedes hacer eso a tu propia hija? ¡No sólo la abandonas si no que también le haces daño!

–Mira –el tono de voz de Nadia se endureció–. Estuvo llorando durante horas mientras que estuviste fuera. Me volvía loca.

–Es una niña indefensa, como lo fuiste tú una vez. ¿No recuerdas cómo se siente uno al ser tan vulnerable?

–No me acuerdo de nada, así que no sigas con eso, ¿vale?

Nina suspiró con frustración. Su gemela era experta en taladrarle la cabeza cuando las cosas se ponían tensas.

–¿Alguna noticia sobre los parientes de Andre? –preguntó Nadia, de la misma manera en que lo haría si estuviese preguntando por el tiempo.

–*Él* ha venido aquí –masculló Nina.

–¿Quién?

–¡Sabes perfectamente quién! –contestó Nina, con ganas de gritar–. Marc Marcello.

–Pensé que iría.

–¿Cómo puedes tomarte esto tan a la ligera? –gritó Nina–. Por el amor de Dios ¡se cree que yo soy *tú*!

–¿De verdad? Qué gracioso –dijo Nadia a carcajadas.

–Bueno, adivina… yo no me río –espetó Nina–. Y mejor que vuelvas en cuanto puedas y resuelvas esto.

–No voy a volver –dijo decididamente Nadia–. Bryce me espera en Los Ángeles mañana. ¿Por qué simplemente no le dices quién eres?

–Porque se quiere quedar con Georgia –contestó Nina.

–¿Ahora la quiere? –el dulce tono de voz que empleaba Nadia estaba crispando los nervios de Nina–. Así que la fotografía surtió efecto.

–¿Qué quieres decir?

–Desde luego que él tendrá que pagar, pero de todas maneras es con ellos con quien tiene que estar. Piensa en lo rica que será cuando sea mayor de edad.

–No me puedo creer que seas tan insensible –le reprochó Nina–. ¿Sabes lo que pretende hacer?

–¿Qué? –por su tono de voz, Nadia parecía aburrida.

–Me está obligando, a ti en realidad, a casarme con él. Pero en realidad es a mí a quien obliga, porque tú te has marchado. He dicho mil mentiras y no sé si voy a ser capaz de manejar esta situación, no sé tratar a hombres como Marc Marcello, tengo responsabilidades y…

–¡Guau! –la interrumpió Nadia–. Más despacio, no me he enterado de nada desde lo de que te pidió matrimonio. ¿Qué quieres decir con eso de que se quiere casar contigo?

–Conmigo no… ¡contigo! –chilló Nina–. Él cree que te está obligando a casarte con él.

–¿Casarme con él?

–Quiere adoptar a Georgia y está dispuesto a casarse conmigo, quiero decir contigo, para hacerlo.

–¿Has aceptado? –Nadia parecía sorprendida.

–En realidad no me ha dejado otra opción –le contestó Nina resentida–. Amenaza con decir que eres una mala madre y suerte que no ha visto la evidencia de ello en los moratones de Georgia.

–¿Cuánto te va a pagar? –preguntó Nadia.

Nina no se podía creer la falta de remordimientos de su hermana, que estaba más preocupada por el dinero que por su propia hija.

–Incluso si me tengo que morir de hambre, no voy a aceptar su dinero –le dejó claro Nina–. Cree que puede comprarme, pero de ninguna manera lo va a hacer.

–Dile que has cambiado de opinión –dijo Nadia, interrumpiéndola de nuevo–. Dile que quieres diez millones.

–¿Diez millones? –gritó Nina–. No voy a hacer tal…

–Entonces eres tonta –dijo Nadia–. Nina, él es multimillonario, puedes poner un precio. Lo pagará.

–No, rotundamente no. Ya tengo bastante con el tema del matrimonio –dijo Nina soltando aire por la desesperación–. Además de que me pone enferma pensar en lo que va a hacer cuando descubra que yo no soy tú.

–No se lo digas.

–¿Qué? –gritó Nina–. ¿Pretendes que siga adelante con esto?

–Tú quieres quedarte con Georgia, ¿no es así? –dijo Nadia–. Ésta es tu oportunidad de quedarte con ella y con un montón de dinero. En realidad, si juegas bien tus cartas, las dos podríamos sacar un buen provecho de esto.

–¿Qué quieres decir? –preguntó Nina.

—Estás a punto de casarte con un multimillonario. Tendrás acceso a dinero en efectivo, muchísimo dinero. He estado averiguando sobre Bryce y no está al mismo nivel que *tu* Marc. Pero lo podemos arreglar después de que te hayas casado.

—Nadia, ¡yo no me puedo casar con Marc Marcello! ¡No sería legal!

—¿Quién se va a enterar? —preguntó Nadia, sin darle importancia al tema—. Que yo recuerde, yo no le dije a Andre que tenía una hermana gemela. Así que es difícil que su hermano se entere. Las dos saldríamos beneficiadas con esto. Tú te quedarías con Georgia y yo tendría unos ingresos regulares que me suministraría tu rico marido.

—Nadia, por favor, no me hagas esto. ¡No me puedo casar con un hombre que odia hasta el aire que respiro! —dijo Nina con el estómago revuelto por el miedo.

—No te odia a ti, me odia a mí —indicó Nadia—. De todas maneras, incluso podrás gustarle cuando empiece a conocerte, o por lo menos podrías gustarle si te pones un poco de maquillaje y, de vez en cuando, otra cosa que no sea un chándal.

—No puedo permitirme la clase de ropa que tú llevas —dijo Nina agriamente.

—Vamos, Nina, piénsalo. Es una oportunidad única en la vida. Siempre has querido casarte y tener hijos. ¿De qué te quejas?

—Me hubiese gustado elegir al novio por mí misma. ¡De eso es de lo que me quejo! —le contestó con dureza Nina—. Y quería casarme por la iglesia, no en una esquina del registro.

—Eres una romántica empedernida. Vamos, Nina... baja al mundo real. Casarte con un multimillonario te compensará más que suficiente el no poder llevar velo de novia.

–En absoluto –contestó Nina–. Yo quería conseguir otra cosa en la vida. No un marido rico.

–Puedes pasarte la vida entera tratando de encontrar el amor como hizo nuestra madre y, como ella, no encontrarlo nunca –dijo Nadia–. Si yo fuese tú, me aferraría a esta oportunidad y sacaría el mejor partido de ella.

–Pero yo no soy tú –le recordó Nina fríamente.

–No –Nadia parecía despistada otra vez–. Pero Marc Marcello no lo sabe.

Capítulo 4

AL DÍA siguiente, Nina trató de encontrar una guardería. Como no tenía coche, tuvo que utilizar los centros privados que había alrededor de su piso, que eran muy caros. No tenía más remedio que inscribir a su sobrina en uno de ellos y esperaba que el cambio no la afectase demasiado.

Los dos días siguientes transcurrieron sin ningún contacto por parte de Marc. Pero al tercer día llegó una carta, informándola de que el matrimonio se celebraría el quince de julio.

Estaba atemorizada, parecía que no había escapatoria. Se tendría que casar con Marc para no perder a Georgia. Tendría que seguir mintiéndole, aun a sabiendas de que así la odiaría todavía más.

La idea de hacerse pasar por su hermana durante meses, incluso años, le aterrorizaba, pero no veía otra alternativa.

Como era de esperar, Nadia no volvió a ponerse en contacto con ella. Le había llamado al teléfono móvil pero saltaba el contestador y ni siquiera tenía una dirección donde contactar con ella.

Apartó la carta de Marc para atender a Georgia, que estaba llorando, y trató de no pensar en el hecho de estar casada con un hombre que la odiaba tanto.

Cuando sonó el teléfono, Nina contestó con la niña en brazos.

–Nina –dijo Marc con su voz profunda–. Soy Marc.

–¿Qué Marc? –preguntó Nina, adoptando de nuevo la personalidad de Nadia.

–Por la reputación que te has ganado, estoy seguro de que tienes una larga colección de nombres –dijo Marc con insolencia.

–Ya le gustaría saber a usted –le contestó Nina.

–¿Recibiste mi carta?

–Déjeme ver… –hizo ruido con las facturas que alcanzó de la mesa, sólo para irritarlo–. Ah, sí, aquí está. Es un acuerdo prematrimonial, ¿no es así?

–¿No creerías que me iba a casar contigo sin proteger mi situación?

–Eso depende de qué clase de protección esté hablando.

–Esto es un negocio, Nina, ni más ni menos.

–Por mí está bien –dijo Nina–. Mientras cumpla su palabra. ¿Cómo sé si puedo confiar en usted?

Hubo un corto pero tenso silencio.

–Tan pronto como el matrimonio se lleve a cabo, recibirás tu asignación, ni un segundo después –aclaró finalmente Marc.

–¿No confía en mí, señor Marcello? –dijo usando divertida el tono de voz de su hermana–. ¿Cree que voy a intentar engañarle?

–Me encantaría que lo intentaras –la desafió–. Seguro que no tengo que advertirte de las consecuencias si planeas un doble juego.

Nina sintió un escalofrío al escuchar aquellas palabras.

–Una cosa –dijo Marc–. Ya que en pocos días estaremos casados, sería muy apropiado que me llamarás por mi nombre, que me tutearas.

–Marc –suspiró su nombre seductoramente–. ¿Es la abreviatura de Marco?

–No –contestó Marc–. Es francés, como mi madre.

–¿Hablas también francés aparte de italiano?

–Sí, y otros idiomas más.

Nina estaba impresionada, pero no se lo iba a dejar saber a Marc.

–¿Y tú? –le preguntó Marc, viendo que ella no decía nada.

–¿Yo? –Nina resopló rápidamente–. ¿Toda esa basura extranjera? ¡De ninguna manera! El inglés es el idioma universal. No entiendo que la gente se moleste en hablar en otro idioma.

Nina hablaba más o menos bien francés e italiano, pero decidió no decírselo. Había estudiado idiomas, pero era mejor que Marc pensara que era una cabeza hueca que no tenía nada mejor que hacer que acicalarse para pasar el tiempo.

–He quedado con mi abogado en mi despacho para que firmemos el acuerdo prematrimonial. Lleva tu certificado de nacimiento para que yo pueda tramitar la licencia de matrimonio –dijo Marc–. ¿Te viene bien mañana a las diez de la mañana?

Nina había sido capaz de hacerse pasar por su hermana, pero empezar a firmar documentos en presencia de un abogado le hacía recelar. ¿Qué pasaría con Georgia si se descubría el embrollo y la mandaban a la cárcel por fraude? Por suerte, ella fue la gemela que nació antes y por lo tanto, como era costumbre en la época en que nacieron, sólo aparecía su nombre en el certificado de nacimiento. Pero en el certificado de nacimiento de Georgia no aparecía su nombre, sino el de su madre; Nadia.

–¿Nina? –la profunda voz de Marc la rescató del pánico.

–Lo siento –dijo, colocando a Georgia un poco más arriba de su cadera–. Georgia estaba durmiendo.

–¿La tienes en brazos?

Georgia gorgoteo felizmente como si estuviese contestando a su tío.

–Sí –dijo Nina sonriendo a su sobrina–. Estaba a punto de acostarla cuando llamaste.

–¿Cómo está?

–Está bien.

–¿Se despierta mucho por la noche?

–Una o dos veces –dijo Nina–. Pero se vuelve a dormir pronto.

–Dime una cosa, Nina –dijo Marc–. ¿Te gusta ser madre?

–Desde luego que me gusta –respondió Nina sin dudar. Nada más hacerlo, se arrepintió de haber sido tan honesta, ya que tal vez Nadia habría respondido de otra manera.

–Tú no me consideras un tipo maternal –dijo Marc con desprecio.

–¿Cómo te considero yo a ti, Marc? –le preguntó poniendo su voz más seductora.

–Te pasaré a buscar mañana a las nueve y cuarto –le dijo Marc, ignorando su último comentario.

–¿Tiene tu coche un asiento para bebés? –preguntó Nina.

–Pondré uno esta tarde –contestó Marc, que ni siquiera había pensando en esa clase de detalles.

–Puedo ir en autobús –sugirió Nina–. ¿Dónde está tu oficina?

–Insisto en pasarte a buscar.

–No iré contigo si tu coche no está adecuado para llevar niños. Es peligroso.

–Aunque sea la última cosa que haga, tendré el asiento para niños instalado. ¿Está bien?

–Bien –dijo Nina–. ¿Puedo confiar en que lo harás?

Marc cerró los ojos y contó hasta diez, un poco harto.

–¿Marc?

Éste abrió los ojos al escuchar su nombre dicho por ella.

–Sí… –dijo Marc–. Puedes confiar en mí.

–Entonces te veo mañana.

–Sí –Marc se desató la corbata, que de repente empezaba a apretarle–. Nos vemos mañana.

A la mañana siguiente, a las nueve y cuarto, sonó el timbre de la puerta. Georgia seguía llorando, como había hecho desde que se había despertado a las cinco de la madrugada.

Nina estaba desesperada. Estaba muy cansada y podía sentir que iba a tener un monumental dolor de cabeza.

Mientras contestaba al timbre de la puerta, con los ojos hundidos por el cansancio, le dio unas palmaditas en la espalda a Georgia.

Cuando, al abrir la puerta, vio la impresionante figura de Marc Marcello, hizo todo lo que pudo para no llorar, debido a la emoción que la invadió.

–¿Está mala? –preguntó Marc, entrando en el piso.

–No sé. Ha estado así desde que se ha despertado.

Marc tomó a la niña y le tocó la frente para ver si tenía fiebre.

–Está caliente, pero no mucho –dijo Marc mirando a Nina–. ¿Ha comido?

–No ha querido. Lo he intentado tres o cuatro veces pero no quiere.

–Tal vez necesite que la vea un médico –sugirió Marc–. ¿A cuál la llevas normalmente?

Nina no sabía adónde habría llevado Nadia a Georgia para sus revisiones mensuales, si era que lo había hecho.

–Yo…

–La has llevado alguna vez al médico, ¿no? –Marc le dirigió una mirada acusadora.

–Ah…

–¡Es una niña pequeña! –le recriminó Marc con furia–. Se supone que tiene que ser vacunada y examinada regularmente para ver si su crecimiento es normal.

–Está muy sana –dijo Nina, estremeciéndose al oír otro alarido de dolor de Georgia.

–¿Crees que realmente está sana? –preguntó Marc mientras la pequeña seguía llorando.

–Quizá esté echando los dientes.

–¿Cuánto tiempo tiene? ¿Cuatro meses? ¿No es un poco pronto para eso?

–¡No lo sé! Yo nunca… –Nina se contuvo para no seguir hablando.

Marc le devolvió la niña a Nina cuando dejó de llorar.

Nina admiró la maña que tenía Marc con la niña. Había estado despierta durante horas tratando sin éxito de que la pequeña se calmara y en unos minutos él lo había logrado.

–Ve y prepárate –le dijo Marc en un tono de voz

bajo para no despertar a la niña, a la que tomó de nuevo en brazos–. Nunca se sabe cómo va a estar el tráfico a esta hora.

Nina se fue a su habitación y analizó su ropa. Casi toda era o muy clásica o pasada de moda. Su trabajo en la biblioteca no requería llevar un atuendo muy moderno. Tenía muchos pantalones vaqueros, casi todos se los había dado Nadia cuando ya no le servían, así como camisetas que enseñaban más de lo debido.

Ya que se estaba haciendo pasar por su hermana, eligió entre las cosas que le había dado, aunque no le gustaba enseñar tanto su cuerpo.

Mientras se vestía, pensó en que todo lo de Marc la alteraba. No era sólo el hecho de que pensara que ella era Nadia, sino que su forma de actuar la intimidaba. No sabía cómo comportarse con un hombre tan fuerte y decidido. La realidad era que no tenía experiencia con los hombres.

Cuando regresó de arreglarse, vio a Marc esperándola con la niña en sus brazos. Estaba claro que adoraba a la hija de su hermano y haría cualquier cosa para protegerla, incluso casarse con una mujer que aborrecía.

–¿Estás preparada? –preguntó Marc.

Nina asintió con la cabeza, tomó la bolsita de Georgia y salió del piso detrás de él.

Mientras se dirigían en el coche de Marc hacia su despacho, Nina se preguntó qué le habría dicho éste a su abogado sobre su repentino matrimonio. No sabía si debía comportarse como si todo fuera normal o si Marc le habría contado la verdad.

Se preguntó qué pasaría si le decía la verdad a Marc. Seguramente él conseguiría la custodia, pero tal vez le dejara ver a su sobrina regularmente. Se sentía indecisa y culpable.

Cuando llegaron, Nina se colocó la mochila para llevar a Georgia en el pecho y Marc le acercó a la pequeña, rozándole, involuntariamente, con su mano un pecho, ante lo que Nina dio un respingo.

—Te recomendaría que en presencia de mi abogado no muestres tan abiertamente el desagrado que te causa que te toque —le dijo Marc—. Él cree que esto va a ser una boda normal y prefiero que siga creyéndolo.

—No es precisamente normal forzar a alguien a que se case contigo.

—Tus sacrificios te serán más que compensados.

—¿No va a sospechar tu abogado del hecho de que yo venga aquí a firmar un acuerdo prematrimonial? —preguntó Nina.

—Es muy corriente hacer acuerdos prematrimoniales hoy en día. Además de que tengo accionistas e inversores que proteger, por no hablar de mi padre. No me voy a quedar parado y ver cómo una mujerzuela hambrienta de dinero como tú se lleva, si el matrimonio termina, la mitad de todo lo que mi padre y yo hemos conseguido con tanto esfuerzo.

Aunque Nina sabía que todo aquello que estaba diciendo Marc era razonable, no pudo evitar sentirse herida. Deseaba que pudiera ver cómo era realmente ella, una persona que se preocupaba profundamente por su pequeña sobrina, hasta el punto de casarse con un completo extraño.

Mientras subían en el ascensor, sintió el calor que desprendía el cuerpo de Marc, que estaba muy cerca de ella. Estaba echa un lío. Volvió a plantearse las dudas de qué pasaría si él se enterara de la verdad, cosa que estaba casi segura que acabaría pasando.

Hasta aquel momento había tenido suerte. Marc no le había pedido el certificado de nacimiento de Georgia, pero pronto lo haría, sobre todo si iba a adoptarla formalmente.

Al darse cuenta de que él la estaba mirando, camufló su inquietud con una sonrisa.

–¿Por qué sonríes? –Marc la miró de forma burlona–. ¿Por lo pronto que vas a tener tu asignación?

–Eso depende de lo generosa que sea –contestó Nina.

–Todavía no estamos casados, así que te aconsejaría que no empezaras a contar el dinero todavía –masculló Marc.

Se había dado cuenta de cómo la miraba Marc cuando pensaba que ella no lo miraba, como si no pudiese evitarlo. Se sentía bien pensando que él se sentía atraído por ella, lo que no dejaba de sorprenderla, ya que se suponía que tenía que odiarlo por lo que estaba haciendo, pero no era así. Cada vez que la miraba su cuerpo se encendía y cuando, por error, le había rozado el pecho, sintió cómo su corazón se aceleraba.

Tenía que controlarse. Era mejor que evitara enamorarse de Marc Marcello.

La recepción del edificio donde se encontraba el imperio bancario de Marc no dejaba lugar a dudas sobre el poder que tenía. Hasta un Renoir había allí mismo colgado.

–Señor Marcello –le susurró la recepcionista a su

jefe–. El señor Highgate le está esperando en la sala de invitados al lado de su despacho.

–Sígueme –le indicó Marc a Nina.

En ese momento, Nina decidió que no lo iba a dejar mandar sobre ella delante del personal a su servicio y menos delante de su preciosa recepcionista, que no había dejado de mirarla.

–Hola –dijo Nina dándole la mano a la recepcionista–. Soy Nina, la novia de Marc. Ésta es Georgia. Es sobrina de Marc; la hija de Andre.

La recepcionista apartó su mano de la de Nina.

–Yo… yo creía que te llamabas Nadia –finalmente logró decir la recepcionista–. ¿No te acuerdas? –preguntó mirando a Nina de arriba abajo–. Ya nos habíamos conocido.

Nina se puso blanca y no se le ocurrió nada que decir para justificar el no acordarse de aquella chica.

–Fue cuando Marc estuvo en Italia en septiembre –continuó diciendo la recepcionista–. Andre tenía una reunión, pero insistías en verlo.

Pensó que seguramente Nadia había ido a visitar a Andre durante su embarazo, como un último intento para que siguiese con ella.

–Sí… bueno, yo no estaba muy bien por aquel entonces… las hormonas, ya sabes…

–Se parece mucho a Andre, ¿verdad? –dijo la secretaria, poniéndose más dulce al mirar a Georgia.

Nina asintió con la cabeza, prefiriendo no hablar.

–Por favor, Katrina, no me pases llamadas –ordenó Marc interrumpiendo la pequeña conversación–. Vamos, *cara,* tenemos que resolver algunos asuntos.

¿*Cara*? No sabía si iba a poder aguantar que le dedicara palabras cariñosas en italiano.

–Aquí es –dijo Marc, sujetando la puerta–. Siéntate. Voy a llamar a Robert Highgate.

Nina se sentó y puso a Georgia en una postura más cómoda. El despacho era enorme, con estanterías llenas de libros, lo que indicaba que Marc leía mucho.

La puerta del despacho se abrió y vio aparecer a un hombre de unos cincuenta y cinco años más o menos, con una carpeta de documentos debajo del brazo. Marc entró detrás de él.

–*Cara*, éste es Robert Highgate. Robert, ésta es mi novia, Nina Selbourne.

Robert le dio la mano y miró con ternura a la pequeña, que estaba dormida.

–Vaya pequeño tesoro. Yo tengo dos hijas. Son mi vida y a la vez mi tortura –dijo Robert sonriéndola.

–No es fácil ser padre –dijo Nina con una sonrisa indecisa.

–No, pero merece la pena, te lo aseguro. Mi hija mayor se casa dentro de pocos meses; parece que fue ayer cuando de niña discutía por tonterías con su madre.

En ese momento, Robert recordó para qué estaban allí.

–Bien –dijo Robert, abriendo la carpeta y mirando a Marc–. He redactado el documento como me dijiste, pero tal vez se lo debería de explicar a Nina.

–Explícaselo –dijo Marc con indiferencia.

Nina estaba avergonzada, ya que no entendía de términos legales.

–Como desees –Robert abrió la carpeta y la puso delante de ella–. No te asustes por toda esta jerga legal, es bastante sencillo. Esto establece que en el caso de que os divorciéis, podrás aspirar a un acuerdo razonable, pero nunca a una división de los ingresos de Marc.

Nina buscó el nombre de Georgia en aquel documento, para comprobar si Marc había introducido alguna cláusula para quedarse con la niña si se divorciaban, pero no encontró nada.

—Aquí se establece que recibirás una asignación durante el tiempo que dure el matrimonio —le señaló Robert Highgate.

—Eso parece un poco… exagerado —dijo Nina cuando leyó la cifra. Alzó su mirada y vio que Marc estaba mirándola de manera extraña. Tendría que tener más cuidado en el futuro con lo que decía, si no, Marc empezaría a sospechar.

—Si firmas aquí… —le indicó Robert—. Y aquí también...

Cuando Nina hubo firmado todo, Robert cerró la carpeta y se dirigió a Marc.

—Mis felicitaciones por vuestro feliz matrimonio —dijo Robert—. Sé que son momentos difíciles, pero pueden llegar otros más felices. Marc, ¿cómo está tu padre?

—Lo está sobrellevando —contestó Marc.

—Un golpe terrible y tan poco tiempo después de lo de tu madre.

—Sí.

Nina se dio cuenta de que aunque Marc no aparentase mucho dolor, sufría profundamente por todo lo ocurrido.

—¿Qué te parece, Nina? —preguntó Marc dirigiendo su mirada hacia ella.

—¿Perdona? —preguntó Nina confundida.

—Robert sugirió que hiciéramos un documento aparte sobre Georgia. El patrimonio de Andre ahora es suyo, pero hasta que no tenga la suficiente edad…

—Ya te he dicho que no estoy interesada en el patrimonio de Andre –dijo Nina levantándose y sujetando a Georgia contra su pecho.

Marc trató de advertirla con la mirada, pero ya era demasiado tarde. Robert Highgate había escuchado aquella conversación.

–Tengo los documentos necesarios –informó Robert a Marc cuando ya estaba en la puerta–. Que os vaya bien.

–Gracias –contestó Marc–. ¿Nina? –dijo, provocando que ella también contestara.

–Gracias por explicarme todo, señor Highgate –dijo Nina con una tenue sonrisa.

–No pasa nada –dijo Robert, acercándose para darle la mano a Nina–. Si no te importa que lo diga, no eres como creía.

–No… ¿no lo soy? –a Nina se le revolvió el estómago pensando si Nadia también habría conocido a Robert.

–No –dijo Robert–. Pero ya sabes cómo son esos cotillas de las revistas. Se inventan esas cosas para vender más.

–Ahora, esto es todo lo que me importa, he cambiado –dijo Nina mirando a Georgia.

–Te felicito por eso –le dijo Robert Highgate–. Criar a un niño es una experiencia que hace madurar. ¿Tienes familia, padres y hermanos?

–No, no tengo familia. Mi padre murió cuando yo era un bebé y mi madre murió hace tres años –dijo Nina evitando la mirada del abogado.

Escuchando aquella conversación, Marc se dio cuenta de lo poco que sabía de ella.

Georgia empezó a lloriquear cuando el abogado se marchó y cerró la puerta.

—Creo que necesita que le cambie los pañales —dijo Nina.

—¿Quiéres que se los cambie yo? —se ofreció Marc.

Nina lo miró con horror. No podía dejar que cambiara los pañales de Georgia y viera las leves, pero todavía visibles, marcas de los moratones en su pecho.

—No —dijo Nina rotundamente.

Nina se dio cuenta de que lo había ofendido. Él quería ser un padre de verdad para Georgia. Quería cambiarla y darle de comer. Pero hasta que aquellos moratones no desapareciesen por completo, no podía dejar que viese a Georgia sin su ropita.

—Hay un cuarto de baño en este mismo pasillo, dos puertas más para allá —dijo Marc—. ¿Tienes todo lo que necesitas?

—Ya he hecho esto antes —dijo Nina, mirándolo con altanería.

Marc no le contestó, pero sujetó la puerta para que Nina pudiese salir. Desde la puerta, vio cómo los pequeños dedos de Georgia se agarraban al pelo de su tía. Deseó poder hacer lo mismo, comprobar si en realidad era tan sedoso como parecía.

Al volver dentro de su despacho se acercó para mirar por la ventana, pero no podía ver otra cosa que no fueran los ojos grises de Nina.

Capítulo 5

NINA se entretuvo cambiando a Georgia tanto tiempo como pudo. Necesitaba pensar. Estaban pasando tantas cosas y tan rápido que no había tenido tiempo de aclarar sus ideas.

Se sentía una tonta por no haber previsto que habría gente, como la recepcionista, que habían conocido a su hermana.

Cuando volvió al despacho de Marc, no pudo evitar que el estómago le diera un vuelco cuando éste se acercó a ella.

–He pensado que Georgia debe necesitar algunas cosas, como ropa nueva y juguetes –dijo Marc, tomando a la niña en brazos–. Ahora tengo tiempo libre y si quieres podemos ir de compras.

Nina se le quedó mirando, sin saber qué contestar. Georgia necesitaba ropa nueva porque estaba creciendo, pero eso de ir de compras con Marc, como si fuesen una pareja normal, no le convencía.

–Ya que tu ropa es de diseño, seguro que tu hija también tiene derecho a lo mismo –dijo Marc duramente.

Nina se había puesto ropa de la que Nadia le había dado, sin darse cuenta de que había escogido ropa de alta costura.

–¿Esto tan viejo? –dijo mirando despectivamente lo que llevaba puesto.

–Supongo que te pones las cosas sólo una vez antes de tirarlas al fondo del armario –dijo Marc con una mueca de desprecio.

–¿Es culpa mía si me aburro de la ropa tan fácilmente? –dijo Nina, sonriéndole con descaro.

–Nina Selbourne, ¿sabes una cosa? –Marc le dirigió una cortante mirada–. Hasta casi tengo ganas de estar casado contigo para enseñarte a comportarte. Eres la mujer más superficial que he tenido la mala suerte de conocer.

–¡Oh! Tengo *taaanto* miedo de ti, señor Marcello.

–Si no estuviese sujetando a Georgia, te enseñaría la primera lección aquí mismo –dijo Marc, mirándola con desprecio.

–Si me pones un dedo encima, te arrepentirás –le dijo Nina, mirándolo con una simulada bravuconería.

–Merecería la pena, te lo aseguro –le espetó Marc.

–¿Eso crees? –preguntó Nina, levantando la barbilla–. Desde luego que tu hermano sí que lo creía.

Nina se dio cuenta de lo mucho que lo había enfadado al decir eso de su hermano y pensó que lo único que la salvaba de la cólera de Marc era que tenía a Georgia en sus brazos.

El interfono que había en la mesa interrumpió el tenso silencio que se había creado.

–¿Señor Marcello? –el alegre tono de voz de Katrina penetró en la habitación como una luz en la oscuridad–. Su padre lo llama por la línea dos.

–Perdóname –dijo Marc pasándole la niña a Nina sin mirarla a los ojos.

Aunque Marc hablaba en italiano con su padre,

Nina era capaz de entender lo esencial de la conversación.

—Sí —dijo Marc—. He encontrado una solución. Me voy a casar con ella el día quince de este mes.

No podía escuchar lo que le respondía su padre, pero pudo más o menos enterarse de lo que decía Marc.

—No, dice que no quiere dinero ni nada del patrimonio de Andre... No estoy seguro, pero creo que me está tratando de embaucar haciéndome creer que ha cambiado... Sí, voy a darle una asignación, pero no tardará mucho en gastársela, estoy seguro... Sí, es como dijo Andre o peor... lo sé, lo sé, es una mujerzuela sin escrúpulos...

A Nina le costó mucho disimular lo mal que le sentaron aquellas palabras y prometió vengarse.

—Sí... ya lo sé, me cuidaré las espaldas y sí... —Marc soltó una risita de macho— y la delantera también. *Ciao*.

—¿Adónde vamos a ir de compras? —le preguntó Nina, sonriendo cándidamente, una vez que Marc hubo colgado el teléfono.

Marc gastó una fortuna en ropita, juguetes y demás cosas para su sobrina en las tiendas y boutiques de la zona.

Cuando llegó la hora de darle de comer a Georgia, Marc sugirió que fueran a una cafetería que fuese tranquila, donde Nina pudiese dar de comer a la niña y ellos pudieran tomar un café y comer algo. Nina hubiese querido no tener tanta hambre y así haber podido decir que no, pero no había desayunado y necesitaba comer algo.

Pronto estuvieron sentados en una cafetería. Cuando Nina se disponía a darle el biberón a Georgia, se dio cuenta de que Marc la estaba mirando.

–¿Te gustaría darle de comer? –le preguntó Nina.

–Claro, ¿por qué no? –respondió Marc después de un momento de silencio.

Cuando le hubo pasado a la niña, Nina se enterneció mirando la escena del tío dándole de comer a su sobrina.

Sabía que para los italianos la familia era muy importante y que los hijos lo eran aún más. Pero aquello de casarse con alguien a quién no se quiere sólo porque es la supuesta madre de una sobrina le parecía demasiado. Pensó que tal vez Marc, en un futuro, anularía el matrimonio e intentaría quedarse con la custodia de Georgia, cosa que fácilmente conseguiría cuando se demostrara su verdadera identidad. No podía dejar de pensar en lo mismo una y otra vez.

Este pensamiento le quitó el hambre y apartó el menú.

–¿No tienes hambre? –preguntó Marc mientras sus miradas se encontraron.

–Sólo tomaré café solo –dijo Nina, apartando su mirada de él.

La camarera se acercó y tomó nota mientras miraba a Georgia.

–¿Cuánto tiempo tiene? –preguntó.

–Cuatro meses –respondió Nina.

–Se parece a su papi –dijo la camarera sonriendo, mirando a Marc y a la niña.

Nina estuvo a punto de decir que no era el padre de la pequeña, pero lo pensó mejor.

–Sí –dijo Nina, sorprendida de no haberse dado cuenta antes del parecido.

Efectivamente, Georgia tenía un aire a Marc, en el tono aceitunado de su piel, los ojos oscuros y aquel sedoso pelo negro. Pero también veía que tenía cosas de Nadia y de ella, como la boca y la nariz.

Nina observó cómo Marc colocaba a Georgia en su hombro y le daba palmaditas en la espalda, con tal destreza que parecía que lo hubiera hecho cientos de veces.

–¿Has pensado en tener tus propios hijos? –le preguntó Nina.

–No –dijo colocando a Georgia en su otro hombro–. No tengo planes de casarme y crear una familia.

–¿Fue idea de tu padre que nos casáramos?

–¿Por qué dices eso? –preguntó Marc.

–Yo… –dijo Nina, tratando de evitar la mirada de Marc–. Supongo que es un presentimiento. He oído que los italianos le dan mucha importancia a los niños.

–Supongo que por eso mandaste aquella carta, para presionar un poco a mi padre –dijo acercándose a Nina–. ¿Te planteaste alguna vez el daño que le estabas haciendo?

–No –dijo Nina, alzando su mirada hacia Marc–. Fue muy insensible por mi parte. Lo siento.

Aquella contestación pareció sorprender a Marc, ya que por lo que tenía entendido, Nadia nunca se disculpaba.

–Algunas veces no es suficiente con decir lo siento –dijo Marc–. Cuando el daño está hecho, no se puede reparar.

–Sí, ya lo sé –dijo Nina–. Supongo que estaba tan confundida por aquel entonces… que ni sabía lo que hacía.

–Intentaste atrapar a mi hermano, ¿no es así? –la reprendió Marc–. Usando el truco más viejo que existe.

Nina sabía que era cierto. La misma Nadia le había comentado que había estropeado toda una caja de condones para así poder quedarse embarazada y atrapar a Andre.

—Fue una estupidez… —dijo finalmente Nina—. No me imaginaba lo mal que le… me iba a salir.

Aquella respuesta de nuevo sorprendió a Marc y su expresión se suavizó un poco.

—Pocos pasamos por la vida sin hacer alguna cosa de la que arrepentirnos —reconoció abiertamente Marc.

—No me digas que el gran Marc Marcello admite que comete errores —dijo Nina.

—Me equivoqué algunas veces en el pasado, pero no voy a dejar que ocurra otra vez.

Nina se preguntó cuáles serían aquellos errores y se quedó pensando en la vida que le esperaba. Aunque el matrimonio no se consumara, vivirían en la misma casa y eso conllevaría alguna intimidad.

—¿Pasa algo? —preguntó Marc.

—No, claro que no.

—No pareces tú misma —observó Marc.

—Oh, ¿de verdad? —dijo Nina, mirándolo con una de las feroces miradas de Nadia—. Claro, tú me conoces tan bien después de… ¿cuanto tiempo? —miró la fecha en su reloj—. ¿Menos de una semana?

—Suficiente para decir que estoy familiarizado con el tipo de persona que eres —contestó Marc.

—¿Así que piensas que todas somos iguales?

—He estado el suficiente tiempo a tu lado para reconocer el peligro —Marc sonrió cínicamente.

—Peligro ¿eh? —dijo Nina con una sonrisita—. ¿Crees que soy peligrosa? ¿Qué es exactamente lo que te da miedo? ¿Lo sexy que soy?

–Sin duda tu ego ha sido cultivado a lo largo de los años, pero yo me niego a unirme a la banda de tus fervientes admiradores –dijo Marc–. Si quieres escuchar halagos, me temo que vas a tener que irte a otro lado.

–Pero me encuentras atractiva, ¿no? Vamos, admítelo –Nina lo miró pícaramente.

–No admito nada.

–Estás ciego si no ves lo atractiva que soy –se rió Nina.

–Las mujeres como tú os creéis que sois irresistibles, pero permíteme decirte que tú no lo eres.

–Desde aquí puedo sentir que estás interesado por mí –dijo Nina con voz baja–. Seguro que si deslizo mi mano por debajo de esta mesa y toco la evidencia de ese interés vas a tener que retirar tus palabras.

Marc la miró de tal manera que estremeció a Nina. Pero ésta estaba dispuesta a no echarse atrás.

–Ya es hora de que nos marchemos –dijo cortantemente Marc, que todavía tenía a Georgia en brazos.

–¿Crees que merece la pena colocar a Georgia en su bolsita? –preguntó Nina.

–No –respondió Marc mirando a la niña–. Yo la llevo. ¿Tenemos que comprar algo más?

A Nina le enterneció que utilizara la palabra *tenemos*.

–No –dijo evitando mirarlo a los ojos para que no se diera cuenta de que los tenía húmedos–. Creo que más o menos tenemos todo lo necesario.

Mientras andaban por la calle, Nina se enfrascó en sus pensamientos, planteándose si debía haber tratado de forzar más a Nadia para que aceptara sus responsabilidades, aunque creía firmemente que no habría servido de nada.

–Te has quedado muy callada de repente –le dijo Marc.

–Estoy cansada –dijo bostezando–. Georgia me despertó temprano.

Marc todavía no entendía por qué Nina, para la que el dinero era su primera prioridad, no le había pedido un montón de dinero cuando le dijo que quería casarse con ella para así proteger a Georgia. Y aquello de no querer nada del patrimonio de Andre parecía indicarle a Marc que quería engañarlo y hacerle creer que había cambiado.

Pensó que casarse con Nina iba a ser fácil, pero que si no se andaba con cuidado, mantener sus manos alejadas de ella no iba a serlo tanto.

Capítulo 6

UNA VEZ que Nina se hubo asegurado de que no quedaban marcas de los moratones de Georgia, volvió a trabajar.

–No se preocupe, señora Selbourne –la tranquilizó la persona que trabajaba en la guardería en la que finalmente había inscrito a Georgia, cuando la dejó allí llorando–. Cuando se marche se tranquilizará. Todos lo hacen.

Nina no sabía qué hacer. Georgia estaba enrojecida de tanto llorar y gemía cada vez más.

–Tal vez deba llamar al trabajo y decirles que no puedo ir.

–Pues claro que no debe hacer eso –dijo la mujer de la guardería–. Ella estará bien. Mientras usted se marcha, la voy a llevar a ver los juguetes. Aunque estoy segura de que no tiene nada de qué preocuparse, llame cuando quiera. Vamos Georgia –le dijo a la niña con una sonrisa–. Vamos a ver los ositos de peluche.

La biblioteca estaba a sólo unas manzanas de distancia. Le gustaba su trabajo, pero, como era natural, quería más a su sobrina y, si tuviera que hacerlo, dejaría su trabajo para cuidar ella misma a Georgia y aceptaría la asignación que le ofrecía Marc.

–Hola, Nina –la saludó Elizabeth Loughton, otra de las bibliotecarias, cuando llegó al trabajo–. Eh, ¿dónde has estado los últimos días? Sheila dijo que llamaste para decir que estabas mala. ¿Estás ya bien?

–Estoy bien, sólo un poco cansada. Ha sido una mala semana.

–No me digas que tu hermana te ha estado causando problemas otra vez –dijo Elizabeth–. No entiendo por qué no le dices que deje de fastidiarte. ¡Se aprovecha tanto de ti! –frunció la boca y le acercó a Nina una revista de cotilleos–. Supongo que ya la habrás visto.

En aquella revista había una fotografía de su hermana, en la puerta de uno de los hoteles más conocidos de Sidney, abrazando a dos futbolistas de dudosa reputación. Según insinuaba el titular, el anterior viernes por la noche, Nadia y sus *escoltas* habían *disfrutado* de una ruidosa noche de borrachera.

–Oh, Dios mío –Nina cerró la revista–. Ahora mismo esto es lo último que necesito.

–¿Estás bien? –Elizabeth la miró preocupada.

–Te tengo que contar una cosa, pero me tienes que prometer que no se lo vas a decir a nadie –dijo Nina, mirando a los ojos color avellana de su amiga.

–Soy como una tumba –dijo Elizabeth llevándose un dedo a los labios.

–A partir de ahora, te tienes que referir a mí como *madre*.

–¡Oh, Dios mío! ¿Estás embarazada? –preguntó Elizabeth, con los ojos saliéndosele de las órbitas.

–Pues claro que no. Pero ahora estoy actuando como si fuese la madre de Georgia.

La cara de Elizabeth expresaba el horror que sintió cuando Nina le contó todo lo que había pasado.

–¿Estás completamente loca? –dijo Elizabeth–. ¿En

qué estás pensando? ¡Este tal Marc Marcello te va a comer viva cuando se entere de la verdad! ¡Incluso podrías ir a la cárcel!

–¿Qué otra cosa puedo hacer? –preguntó Nina–. Georgia me necesita. Nadia la iba a dar en adopción, pero de esta manera puedo quedármela y puedo darle el amor que necesita. Sólo tengo que pagar un pequeño precio.

–¿Pequeño? –Elizabeth se quedó boquiabierta–. ¿Qué es lo que sabes de ese tipo?

–Sé que adora a Georgia y que ella lo adora a él –dijo Nina sin poder evitar una pequeña sonrisa.

–¿Y qué pasa contigo? –Elizabeth la miró, queriendo saber más–. ¿Qué siente él por ti? ¿También te adora a ti?

–No –contestó Nina bajando la mirada.

–Creo que estoy empezando a entender qué pasa –dijo Elizabeth–. Estás enamorada de él, ¿no es así?

–¿Cómo podría estar enamorada de él? –de nuevo, Nina apartó su mirada–. Casi no lo conozco.

–Debes sentir algo por él, porque conociéndote como te conozco, nunca accederías a casarte con alguien al que al menos no respetaras y admiraras.

Por un momento, Nina pensó en ello. Sí, en realidad respetaba a Marc. De hecho, si las circunstancias fuesen distintas, él pertenecía a la clase de hombre que ella podría amar. Tenía cualidades que ella no podía evitar admirar. Era fiel y protector.

–Vamos Nina –siguió diciendo Elizabeth–. Lo puedo ver en tus ojos. Ya estás casi totalmente enamorada.

–Estás imaginando cosas.

–Tal vez, pero yo en tu lugar tendría cuidado –le advirtió Elizabeth–. No eres una mujerzuela entrometida como tu hermana. Si no tienes cuidado, te vas a hacer mucho daño.

—Yo sé lo que estoy haciendo —dijo Nina—. De todas maneras, no tengo otra opción. Quiero a Georgia y haría lo que fuese para protegerla.

—Parece que tú y ese futuro marido que vas a tener tenéis mucho en común, ¿no crees? —reflexionó Elizabeth—. Los dos queréis la misma cosa y estáis dispuestos a llegar muy lejos para conseguirlo.

Nina no respondió y empezó a pensar que quizá había sido un error contarle la verdad a su amiga.

Tomó el teléfono y llamó a la guardería para preguntar por su sobrina, y se quitó un peso de encima al saber que ya se había quedado dormida.

El teléfono sonó en casa de Nina poco después de que ésta llegara con la niña.

—¿Nina? —preguntó su hermana—. ¿Eres tú?

—¿Qué otra persona podría ser? —preguntó Nina secamente.

—Bueno, por unos segundos pensé que tu voz se parecía a la mía —se burló Nadia.

—Eso no tiene ninguna gracia. ¿Te das cuenta de que por tu estúpido modo de actuar me tengo que casar con el hermano de Andre en pocos días?

—Suerte que tienes —dijo Nadia—. Estoy segura de que serás más que suficientemente compensada.

—No me importa nada su dinero —espetó Nina.

—Bien —dijo Nadia—. Entonces no te importará mandármelo a mí.

—¿Qué? —Nina se puso tensa.

—Vamos, Nina. Hablamos de esto el otro día, ¿te

acuerdas? Espero que compartas tu cuantiosa fortuna conmigo. Además somos hermanas, hermanas gemelas.

—No voy a aceptar su dinero —contestó Nina.

—No seas tonta; él te lo va a dar por casarte con él. Tienes que aceptarlo.

—No tengo ninguna intención de hacer eso.

—Escucha —el tono de voz de Nadia se endureció—. Si no tomas el dinero, le voy a decir quién eres en realidad.

—No puedes hacer eso. Me quitará a Georgia —dijo Nina tragando saliva.

—¿Crees que me importa? —dijo Nadia.

—¿Cómo puedes ser tan insensible? —gritó Nina—. Por el amor de Dios, ¡eres su madre!

—Si no aceptas el dinero y me lo das a mí, le voy a decir que le has engañado. Y creo que no se va a tomar muy bien la noticia.

Nina pensó en decirle a Marc la verdad antes de que lo hiciese Nadia, pero sería lo mismo, le quitaría a Georgia y no le permitiría ocupar ningún lugar en la vida de la niña.

—Todavía no tengo ningún dinero —dijo Nina—. No nos casamos hasta dentro de unos días. Marc me dijo que no recibiré la asignación hasta que se formalice el matrimonio.

—Bueno, cuando te lo dé, quiero que me lo mandes a mí. Te voy a dar mis datos bancarios.

Pocos minutos después, Nina colgó el teléfono. Los números de la cuenta bancaria de Nadia que tenía apuntados en un trozo de papel la estaban poniendo enferma.

Su hermana había vendido a su propia hija.

Capítulo 7

NO HACÍA mucho rato que Nina había acostado a Georgia, cuando llamaron a la puerta. Intuyó que era Marc por la manera en que se le erizó la piel.

—Deberías haber llamado para avisar que venías. Acabo de acostar a Georgia y no quiero que se despierte —le recriminó a Marc cuando abrió la puerta.

—No he venido a ver a Georgia —dijo él, cerrando la puerta tras de sí.

—¿Pa… para qué quieres verme? —preguntó Nina, tratando de sostener la fija mirada de Marc.

—¿Dónde has estado hoy? —le preguntó Marc.

—Um… ¿por qué me lo preguntas?

—Te llamé muchas veces, pero no contestaste.

—Me está permitido salir, ¿no? —dijo Nina mirándolo con dureza—. ¿O ser una prisionera es otra de tus condiciones?

—No, pero preferiría que me mantuvieras informado de dónde vais a estar Georgia y tú por si acaso tengo que ponerme en contacto contigo. ¿Tienes un teléfono móvil?

—Sí, pero como despierta a Georgia, no lo llevo mucho conmigo —contestó Nina.

—Hay otra cosa que me gustaría tratar contigo —dijo Marc, sacando del bolsillo de su abrigo la revista que Elizabeth le había enseñado a Nina aquel mismo día por la mañana.

—Supongo que ya la habrás visto —dijo Marc.

—Sí.

—¿Y…?

—De eso hace más de una semana. Además de que ya sabes que esas revistas exageran las cosas.

—¿Te acostaste con esos hombres?

—No —contestó Nina firmemente, aunque se le estaba revolviendo el estómago.

—Mentirosa —dijo Marc.

—No estoy mintiendo —dijo tranquilamente Nina.

—Te voy a preguntar de nuevo dónde has estado hoy y espero que me digas la verdad —dijo Marc, cerrando los puños.

—Fui a la biblioteca.

—¿A la biblioteca?

—Sí, es ese lugar tan aburrido lleno de libros, en donde tienes que estar callado todo el tiempo. Pensé que podía ir a ver cómo era, ya sabes, para culturizarme un poco —contestó Nina con una abierta ironía.

—¿Estuviste allí durante todo el día? —Marc parecía escéptico.

—Durante bastante tiempo —contestó Nina—. ¿Y tú que has estado haciendo hoy?

—He estado trabajando.

—Oh, ¿de verdad? —Nina lo miró con el mismo escepticismo—. ¿Puedes demostrarlo?

—Yo no tengo que probar nada ante ti —dijo Marc frunciendo el ceño.

—Ni yo ante ti —le dijo Nina.

—Nina, si me entero de que me estás mintiendo, vas a sentirlo mucho.

—No tengo que contestarte hasta que no estemos casados —dijo Nina—. Y ni siquiera entonces voy a aguantar que me mandes como si yo no pudiera pensar por mí misma. Si has terminado de decir todo lo que querías, creo que te debes marchar.

–Me iré cuando lo crea oportuno –dijo Marc, acercándose mucho a ella.

Nina sintió cómo su corazón se aceleraba, el deseo se apoderó de ella al tenerlo tan cerca. Él se acercaba más y más y Nina tuvo que apoyar su espalda en la pared.

–Por… por favor, vete –dijo Nina entrecortadamente, mirándolo a los labios.

Su corazón dio un vuelco al pensar que aquellos sensuales labios podían besarla. Sintió el cuerpo de Marc presionado el suyo y la fuerte potencia de lo que había justo debajo de su cintura.

Los pechos de Nina presionaban el pecho de Marc, mientras su corazón se aceleraba de nuevo. Marc le miró la boca y le empezó a acariciar el labio inferior.

Justo cuando Nina pensó que no podía resistirse más, Marc se apartó de ella.

–Nos vemos mañana. ¿A qué hora estará bien que me pase?

–Um… sobre esta hora está bien. Estaré fuera todo el día –dijo Nina, una vez se hubo repuesto de aquello.

–¿Vas a la biblioteca otra vez? –preguntó Marc, poniéndole mala cara mientras se dirigía a la puerta.

–Sí. Pensé que tal vez le lea unos libros a Georgia. Dicen que es bueno para que desarrollen el lenguaje.

Justo antes de marcharse, Marc le dirigió a Nina otra de sus inescrutables miradas y ésta pensó que Elizabeth tenía razón; se estaba enamorando de él.

A la mañana siguiente, Georgia lo pasó incluso peor que la mañana anterior cuando Nina se marchó de la guardería. Mientras se dirigía a la puerta, pensó que iba a ponerse a llorar ella también.

No se dio cuenta de que Marc estaba apoyado en su coche, en la puerta de la guardería, hasta que no fue demasiado tarde. El corazón se le iba a salir del pecho.

—M… Marc… ¿Qué haces aquí?

—Yo te podría preguntar exactamente lo mismo, pero ya sé la respuesta —dijo mirando la guardería—. ¿Así que aquí es donde te liberas de tus responsabilidades con Georgia? Sin duda, para poder revolcarte durante todo el día con tus amantes.

—No… ¡no! No es así para nada.

—Quizá me quieras explicar por qué has decidido que a mi sobrina la cuiden unos extraños.

—No son exactamente extraños —dijo Nina—. Son trabajadores de guardería muy competentes.

—Entonces vamos a ver lo competentes que son. ¿Vamos? —dijo Marc, agarrando a Nina del brazo.

Nina no tuvo más remedio que seguirlo. No le sería difícil encontrar dónde estaban cuidando a Georgia, ya que su llanto se oía en todo el edificio.

—Ea, ea, Georgia —le susurraba la mujer de la guardería mientras la abrazaba—. Mami volverá después… no llores… Oh, hola otra vez, señora Selbourne —dijo al verla—. Me temo que su pequeña no está muy tranquila hoy.

Nina tomó a Georgia de los brazos de la mujer y ésta dejó de llorar.

—Está bien —dijo Nina—. No creo que la vaya a dejar hoy.

—Si quiere, lo podemos intentar mañana —sugirió la mujer—. Como ya le dije, muchos bebés encuentran difícil separarse de su madre al principio, pero luego se acostumbran.

–La señora Selbourne no va a necesitar sus servicios nunca más –anunció Marc en un tono cortante–. Hemos acordado otra cosa.

–Éste es mi… novio, Marc Marcello –añadió rápidamente Nina.

–Oh… bueno, entonces… –la mujer sonrió un poco nerviosa.

–Vamos, *cara* –dijo Marc tomando a Nina por el brazo, escoltándola hasta la puerta.

–No tienes ningún derecho a cancelar mis acuerdos de ésta manera –le dijo Nina una vez hubieron salido.

–Tus acuerdos estaban poniendo en riesgo a mi sobrina. Mírala. Obviamente ha estado llorando histéricamente, está cansada y con fiebre –dijo Marc, tomando a su sobrina en brazos–. No puedo creer que hayas sido tan insensible como para dejar a un bebé claramente angustiado con unos completos extraños.

–Oh, ¡por el amor de Dios! –Nina soltó aire frustrada–. Baja al mundo real, Marc Marcello. En todo el mundo hay madres que dejan a sus hijos en guarderías. Tienen que hacerlo para poder ir a trabajar.

–Pero tú no trabajas, así que no es necesario que lo hagas –dijo Marc, colocando a Georgia en su asiento del coche.

–¿Cómo sabías que yo estaba ahí? –preguntó Nina–. ¿Me estabas siguiendo?

–Por lo que vi en aquella revista, decidí que era hora de echarte un ojo.

–Marc… –dijo Nina, tratando de no dejarse intimidar por la dura expresión de Marc–. No he sido completamente honesta contigo… yo… yo tengo un trabajo.

–¿Qué clase de trabajo?

–Uno por el cual me pagan.

–Eso descarta muchas cosas –comentó con ironía Marc–. ¿Qué clase de trabajo realizas?

–Soy bibliotecaria.

–Andre no lo mencionó –dijo Marc sorprendido.

–Andre no lo sabía. Ha sido… una cosa reciente. Quería mejorar… por Georgia.

–¿No tienes que tener una carrera universitaria para ser bibliotecario?

–Em… sí. La hice hace algunos años… antes de… ya sabes… de desmadrarme un poco.

–¿Es muy importante este trabajo para ti? –preguntó Marc.

–Sí, pero no tan importante como Georgia –dijo mirando a la niña.

–Entra, hablaremos sobre esto después –dijo Marc abriéndole la puerta del acompañante.

Nina esperaba no haber echado todo a perder ya que, como intuía que ocurriría, en tal caso no volvería a ver a Georgia.

Cuando quiso reaccionar, se dio cuenta de que no estaban en su piso, sino adentrándose en una impresionante mansión en el exclusivo barrio de Mosman.

–¿Ésta es tu casa? –le preguntó Nina mirándolo.

Marc se la quedó mirando sin responder. Tal vez Nadia había ido a aquella casa y ella debería de haberla reconocido.

–¿No te acuerdas de haber estado antes aquí?

–La casa me es ligeramente familiar –contestó nerviosa.

–Parece que tienes una memoria muy selectiva, Nina –dijo Marc, saliendo del coche con una expresión de furia–. Déjame que te refresque la memoria. Viniste aquí la noche antes de que Andre muriera, aporreando la puerta. Dios sabe dónde habrías dejado a Georgia. A mi hermano no le quedó más remedio que dejarte pasar y una vez dentro trataste de seducirle, ¿te acuerdas ahora?

Nina no sabía qué responder.

–Si quieres, puedo darte más detalles –añadió Marc–. ¿O estás recordando todo tú sola?

–No necesito que me recuerdes lo terriblemente mal que me he comportado –dijo Nina, bajando su mirada–. Yo estaba… disgustada y sola. No sabía qué hacer.

Marc la miró en silencio, preguntándose si no estaría siendo demasiado duro. Había muchas cosas confusas sobre ella. Incluso se preguntó si su hermano no habría exagerado con respecto a Nina para así hacer creer que él no tenía ninguna culpa en todo lo ocurrido.

Tener un hijo sin la presencia del padre era difícil y, aunque su comportamiento era vergonzoso, una parte de él quería encontrar una excusa que lo justificara para no tener que odiarla tanto. Hacía sólo cuatro meses que había dado a luz y tal vez tendría las hormonas alteradas.

La verdad era que era una madre maravillosa.

–No tiene sentido discutir sobre eso ahora –dijo Marc–. Lo que se ha hecho ya no tiene vuelta atrás.

De la casa salió el ama de llaves, una mujer de ascendencia italiana, de unos cincuenta y tantos años, que trató a Nina con deferencia aunque por la forma en que la miró se veía que no era de su agrado. Marc, en italiano, le dijo que se iba a casar y que a Nina y a Georgia debían de hacerlas sentir tan a gusto como fuera posible.

–Sí Lucía, sé lo que estoy haciendo y por qué lo hago. Vas a tratar a las dos, a Nina y a Georgia, siempre con respeto –reprendió Marc al ama de llaves.

Una vez se hubo marchado Lucía, Marc miró a Nina, que parecía estar un poco desconcertada por la conversación que habían mantenido delante de ella.

–Parece que no te has llevado una buena impresión de Lucía. Pero es porque no entiendes lo que decimos cuando hablamos en mi idioma –le dijo Marc a Nina.

–Sí, supongo que será por eso.

Cuando entraron en la casa y Nina trató de no mirar mucho los cuadros de incalculable valor que colgaban de cada pared, así como los lujosos muebles.

–Dentro de un rato haré que Lucía nos traiga café –informó Marc, abriendo la doble puerta que daba a una sala de estar–. Pero primero quiero hablarte de los acuerdos que he establecido para nuestro matrimonio.

Una vez que Nina se hubo sentado, lo hizo también Marc, que tenía a Georgia en brazos.

–Me tengo que marchar a Hong Kong por negocios –dijo Marc–. Estaré fuera hasta el día antes de que se celebre el matrimonio.

–Entiendo.

–Me gustaría que te mudaras aquí mientras que estoy fuera, para que Georgia se acostumbre a su nueva casa. Lucía te puede ayudar con ella y así podrás seguir trabajando, si es lo que quieres, aunque vas a tener que pedir unos días de vacaciones, ya que el día después de que nos casemos saldremos hacía Sorrento, en Italia, para hacerle una breve visita a mi padre.

A Nina le invadió la consternación; ¡no podía salir del país con una niña que no era suya! Y aunque no le impidieran viajar con la niña, no sabía cómo iba a soportar volar en avión de nuevo. No lo hacía desde que al volver de la boda de una amiga en Auckland, el avión no paró de moverse por las turbulencias. El solo hecho de pensar en subirse a un avión de nuevo la ponía enferma.

—Yo… yo no puedo ir —dijo Nina—. No me gusta viajar en avión.

—Oh, ¿de verdad? —Marc la miró con cinismo—. ¿Ese miedo a los aviones es reciente?

—Sí. Hace tres años tuve una mala experiencia.

—Pero supongo que no fue lo suficientemente mala como para impedirte ir en avión a París el año pasado para acosar a mi hermano —observó Marc.

—Vi… viene y va. Me refiero al miedo. Algunas veces estoy bien y otras veces me entra el pánico.

—Bueno, tal vez el volar en mi avión privado con todo mi personal a tu servicio alivie algunos de tus miedos —dijo fríamente Marc—. Necesito el pasaporte de Georgia y el tuyo para arreglar los documentos necesarios para viajar.

—De verdad que preferiría no ir —Nina empezó a caminar por la habitación—. Tengo que trabajar.

—Creo que por el bien de Georgia deberías plantearte tomarte una baja laboral. La mayoría de las madres se toman unos meses.

—¿Y qué se supone que debo hacer con ese tiempo libre?

—Cuidar de tu hija —contestó Marc—. Desde luego que no espero que lo hagas tú sola. Yo te voy a ayudar cuando pueda y lo mismo hará Lucía.

—No quiero vivir aquí hasta que no sea totalmente necesario.

—No tienes otra opción, Nina. Ya me he puesto en

contacto con tu casero y le he dicho que mañana terminas con tu contrato de arrendamiento.

–¡No tienes derecho a hacer eso!

–Tengo todo el derecho. Dentro de unos pocos días seré tu marido. Estaría faltando a mi deber de protegeros a Georgia y a ti si no me asegurase de que estáis bien instaladas en mi casa cuando empecemos nuestra vida juntos.

–Sólo lo haces porque no confías en mí, no trates de hacerme creer otra cosa.

–Tienes razón, no confío en ti. Tan pronto como me dé la vuelta te irás con uno de tus amigos, pero de esta manera mantengo a Georgia a salvo.

–Hablas como si yo quisiera hacerle daño.

–Tal vez no lo hagas deliberadamente –le dijo Marc, mirándola serenamente.

–Parece ser que tengo poco que decir en todo esto. Tú lo has organizado todo sin consultarme –dijo Nina.

–He dispuesto lo que tú y yo habíamos acordado. Viviremos como un matrimonio y juntos criaremos a Georgia hasta que los dos sintamos que el matrimonio no pueda continuar –estableció Marc.

–¡No es posible! Odiamos vernos el uno al otro, ¿qué clase de matrimonio va a ser éste? –preguntó Nina.

Llamaron a la puerta y el ama de llaves entró con una bandeja con café y galletas. Antes de marcharse de la habitación, miró de mala manera a Nina.

–No hagas caso –dijo Marc una vez se hubo marchado el ama de llaves–. Tenía debilidad por mi hermano.

–Así que supongo que, al igual que tú, me echa la culpa de su muerte.

–A veces es difícil, para aquellos que todavía están llorando la muerte de alguien, ver la otra cara de la realidad –dijo Marc mirando a Georgia–. No habrá sido fácil para ti quedarte sola con una niña a la que criar sin el apoyo del padre. ¿Te planteaste alguna vez abortar?

–Me… me convencieron de que no lo hiciera.

–¿Quién?

–Alguien que siempre ha hecho todo lo posible por ayudarme.

–¿Una amiga cercana?

–Más que una amiga –dijo Nina–. Es más como… una hermana.

Se creó un breve silencio.

–Nina, me alegro de que no te deshicieras de ella –dijo Marc–. Georgia es el último vínculo que tengo con mi hermano. Gracias por haberla tenido. Sé que no habrá sido fácil, pero no te puedo expresar lo que significará para mi padre tener en brazos a la hija de Andre.

Nina le dirigió una leve sonrisa. Los nervios le estaban revolviendo el estómago al ver lo complicada que era su vida en aquel momento. Por ahora, su secreto, el que la mantenía unida a su sobrina, estaba a salvo. ¿Pero hasta cuándo?

Capítulo 8

A NINA le agradó el hecho de que Marc estuviera ausente cuando ella y Georgia se mudaron a su casa. Ya tenía suficiente con tratar con la arisca ama de llaves que, sin embargo, trataba a Georgia de manera muy distinta.

Había pedido la baja en el trabajo el día después de que Marc se marchó y se sentía mucho mejor al saber que Georgia no tendría que pasar por el trance de separarse de ella. La niña parecía más contenta. Al haber crecido sin un padre ella misma, sabía que a Georgia le vendría muy bien sentirse bajo la protección de Marc, lo que hacía aquel sacrificio un poco menos desagradable. Su pequeña sobrina nunca sentiría la tristeza de no tener un padre en quien confiar y apoyarse.

El día antes de la ceremonia, en un impulso que ni ella misma entendió, se compró un traje de novia y un velo. Decidió que nadie le iba a impedir ser una novia de verdad, aunque la boda en sí fuese una farsa.

–¿Qué te parece, Georgia? –le preguntó a la pequeña mientras se ponía el velo sobre la cabeza, frente al espejo de la tienda–. ¿Parezco una novia de verdad? Espero que un día te cases con un hombre que te quiera muchísimo.

Al mirarse de nuevo en el espejo con el velo y el traje, pensó que iba a estar tan despampanante como nunca, aunque era una pena sentir que nadie iba a apreciarlo.

Todavía estaba preparando a Georgia para dormir cuando oyó que Marc volvía a casa en su coche, ante lo cual se le revolvió el estómago.

En menos de veinticuatro horas iba a ser su esposa. Compartiría su apellido y su vida, pero no su cama.

—Hola —le dijo Marc cuando llegó a la habitación donde Nina estaba acostando a la niña.

—Hola.

Nina se apartó para dejar que Marc se acercara a ver a la pequeña, pero, al hacerlo, sus cuerpos se rozaron y el pulso de Nina se aceleró.

Se quedó mirando a Marc, que parecía cansado. Lo deseaba, deseaba besarlo, deseaba que él se acercara a ella y...

—¿Pasa algo? —preguntó Marc, sacando a Nina de sus díscolos pensamientos.

—No.

—Pareces... nerviosa.

—No lo estoy.

—¿Te has instalado ya por completo?

—Sí.

—Me gustaría hablarte sobre nuestro viaje a Italia —le dijo Marc—. Nos vemos en mi estudio en veinte minutos. Antes me gustaría afeitarme y ducharme.

Nina fue a buscar una bandeja que Lucía, que tenía el día libre, había dejado con café y tarta. La llevó al estudio de Marc para esperarlo allí.

Éste llegó poco después, luciendo unos pantalones vaqueros y una camiseta que hicieron que el pulso de Nina, de nuevo, se disparara.

—¿Cómo te ha ido el viaje? —le preguntó Nina, tratando de disimular la reacción que le había causado.

—Me imagino que trayéndome el café y preguntándome ese tipo de cosas estás ensayando tu papel de esposa —dijo Marc.

—Puedes pensar lo que quieras. En realidad no me importa cómo te fue en tu estúpido viaje. Sólo estaba siendo educada —contestó Nina.

—No te esfuerces en ser educada conmigo, Nina. No te pega —dijo Marc, que al instante, al encontrarse con la mirada de Nina, se arrepintió de sus palabras. Se acercó hacia ella y tomándole la mano le beso la yema de los dedos.

Nina se quedó paralizada, sosteniendo la cautivadora mirada de Marc.

—¿Por qué has hecho eso? —preguntó Nina.

—No estoy seguro —respondió seriamente Marc—. Si te digo la verdad, Nina, a veces, cuando hablo contigo, es como si tratara con dos personas diferentes. Me pregunto con cuál me casaré mañana.

Nina se soltó de la mano de Marc y se apartó un poco de él.

—No sé qué quieres decir. Hablas como si yo tuviese un trastorno de personalidad.

—Mi hermano me contó muchas cosas sobre ti, pero yo no veo ninguna de las cosas que lo perturbaban tanto.

—Quizá yo haya cambiado —dijo Nina, evitando su mirada—. La gente cambia. Tener un hijo es un acontecimiento que te cambia la vida.

—Indudablemente, pero no puedo evitar pensar que hay algo más.

—¿Q... qué quieres decir? —preguntó Nina mirándolo con cautela.

Marc se dio cuenta de la preocupación de Nina. Todo el tiempo que estuvo de viaje había estado pensando en Nina, preguntándose cómo sería dormir con ella, saciar sus cuerpos. Era como si, sabiendo que ella estaba prohibida para él, su cuerpo hubiese decidido desearla incesantemente.

Lo podía sentir en aquel momento; el deseo lo golpeaba y se excitaba con sólo mirarla.

Quería odiarla, para así mantenerla alejada, pero a pesar de sus esfuerzos, su odio estaba siendo sustituido por algo mucho más peligroso; aquel deseo incontrolable que sentía hacia ella.

—A veces, es como si mi hermano hubiese estado hablando de alguien totalmente distinto. Simplemente no encaja.

Nina no sabía qué responder. Pensó en contestar como lo haría Nadia, pero no se sentía preparada en aquel momento.

—Nina, ¿no tienes nada que decir? —le preguntó Marc.

—Dijiste que querías hablar del viaje a Italia, ¿cuándo nos vamos? —dijo Nina, tratando de cambiar de tema, ya que era la única manera que veía de salir de aquel embrollo.

—Nos marcharemos el día después de la ceremonia. Le diré a Lucía que te haga las maletas. Vendrá con nosotros para ayudar con Georgia. Debo advertirte que mi padre no te estará esperando con los brazos abiertos.

—Entiendo.

–La ceremonia se celebrará mañana a las diez de la mañana –dijo Marc–. Dadas las circunstancias, será una ceremonia muy íntima.

Marc observó que Nina se acercaba a la puerta como si esperara poder librarse de él. Iba a decirle que no se fuera, pero lo pensó mejor; era peligroso si pasaban mucho tiempo juntos.

No sabía por cuánto tiempo sería capaz de resistirse a ella.

Cuando la puerta se cerró tras ella, se preguntó si en realidad no se estaría enamorando de ella.

Capítulo 9

A LA MAÑANA siguiente, Marc observó cómo Nina bajaba las escaleras vestida de novia. Al llegar a los últimos escalones, ésta miró a Marc de manera desafiante.

–Estás muy bonita –le dijo Marc, dirigiéndole una mirada irónica–. ¿Vas a algún sitio especial?

–No, simplemente me sentía con ganas de arreglarme –contestó ella con igual ironía.

Marc pensó que estaba totalmente sensacional, justo como debería ir una novia de verdad, y se preguntó por qué se habría arreglado así.

Media hora después, Nina estaba de pie junto a Marc mientras la ceremonia se celebraba.

–Puede besar a la novia.

Marc se volvió hacía ella, que estaba hecha un manojo de nervios, y le levantó el velo.

–No creo… –el susurro de Nina se cortó cuando Marc acercó su boca a la suya.

Ella hizo todo lo posible para no responder a aquel beso, pero le fue difícil, por no decir imposible, ignorar la calidez de los labios de Marc.

Una vez hubo dejado de besarla, Nina pensó que,

para bien o para mal, ya estaba casada con Marc Marcello.

Después de la ceremonia, sólo hubo una pequeña comida con algunos de los colegas de Marc, tras la cual Nina se cambió de ropa, poniéndose uno de los conjuntos de su hermana: un vestido de seda.

Mirándose en el espejo, se pasó la lengua por los labios. No podía dejar de pensar en aquel beso y en cómo sería sentir la lengua de Marc tratando de encontrar la suya.

Cuando terminó de arreglarse se dirigió al coche de Marc, donde ya estaba Georgia.

Él condujo hasta su casa de Mosman, sin pronunciar palabra durante el trayecto.

—Le he dado a Lucía el resto del día libre —dijo él, por fin, cuando llegaron a la casa—. Hay comida preparada.

—Creo que Georgia necesita que le cambie los pañales y que le dé de comer —dijo Nina, inquieta ante la idea de estar con él, en aquella casa, con la única compañía de Georgia.

—Tengo que hacer un par de llamadas —dijo Marc—. Dime si necesitas que te eche una mano en algo. Estaré en mi estudio.

Un rato después, mientras Nina estaba todavía dando de comer a su sobrina, Marc entró en la cocina. Se había cambiado de ropa y estaba irresistible.

—¿Quieres que continúe yo para que así te puedas cambiar de ropa antes de cenar? —ofreció Marc.

—No, ya casi hemos acabado —dijo Nina—. De todas maneras, no creo que quiera más.

—Parece cansada —observó Marc mientras Georgia se frotaba los ojos.

—Sí —dijo Nina bajando la miraba para evitar la de Marc.

—Nina…

—Si no te importa, creo que no voy a cenar —dijo Nina.

Marc le tomó la mano y no tuvo más remedio que mirarlo.

—Aunque decidas no comer, tengo cosas que hablar contigo —dijo Marc.

—¿Q… qué clase de cosas?

—Normas que hay que establecer, esa clase de cosas. No quiero que haya malentendidos —aclaró Marc.

—No sé qué quieres decir con eso.

—¿No lo sabes?

—No.

—El vivir en la misma casa va a significar que, como es normal, tengamos un cierto grado de intimidad. No querría que te llevaras una impresión equivocada.

—¿Exactamente a quién le estás recordando los términos de nuestro acuerdo, a ti o a mí? —preguntó Nina con sarcasmo.

—Por lo que me dijo mi hermano, parece ser que tú no siempre respetas las reglas del juego. Sería bueno que las recordaras —contestó Marc, tratando de serenarse.

—Pues hablando de romper las reglas, creo que tu beso fue un poco inapropiado para la ceremonia —dijo resueltamente Nina.

—Habrá ocasiones en que tengamos que guardar las apariencias.

—¿Qué quieres decir? —preguntó Nina.

—A veces, tendremos que actuar, y tú, como mi mujer, tendrás que comportarte de un determinado modo respecto a mí.

—¿Quieres decir que te tendré que adular? —Nina lo miró indignada.

—Yo no lo diría exactamente así.

—¿Cómo lo dirías?

—Todo lo que pido es que muestres un poco de madurez cuando estemos con más gente.

—Haré lo que pueda, pero no te prometo nada —dijo Nina.

—Bien, mientras que los dos sepamos a qué atenernos.

Después de decir eso, Marc se marchó y Nina observó a su sobrina, que la miraba con sus brillantes ojos oscuros.

—Hombres —dijo tomando a la niña en sus brazos—. ¿Quién los entiende? Tal vez debería intentarlo —pensó mientras abrazaba a Georgia—. Parece que a ti te funciona. Tú sólo tienes que mirarlo y se derrite.

Una vez que Georgia se hubo dormido, Nina se dio una ducha. Se puso uno de sus cómodos chándales y se arregló el pelo en una coleta.

Cuando se disponía a bajar a la planta baja de la casa, Marc salió del salón y se quedó mirándola desde la puerta.

—¿Te has vestido para la tarde? —comentó Marc irónicamente.

—Una se cansa de la alta costura —dijo Nina, forzando un bostezo de aburrimiento—. Aparte de que todo ese material tan caro acaba con mi energía.

—Parece que tienes quince años.

–¿Quieres que me cambie? –preguntó Nina, mirándolo a los ojos.

–No –dijo Marc, apartándose para permitirle el paso al salón, donde Nina decidió entrar–. Estás bien. De hecho muy bien.

–Gracias –dijo ella, tratando de disimular cómo le había afectado aquel halago.

–¿Quieres algo de beber? –le preguntó Marc.

–Algo ligero –respondió Nina.

–¿Sin alcohol?

–Yo no bebo bebidas con alcohol.

–Una bebedora rehabilitada –dijo Marc al darle un vaso de agua mineral–. Digno de elogio.

Nina deseaba tener la valentía de tirarle el vaso de agua a la cara, pero sabía que aunque aquellos comentarios eran desagradables, estaban probablemente justificados por la actitud de su hermana durante los últimos meses.

–Hay muchas cosas que he cambiado en mi vida últimamente –dijo Nina.

–Me atrevo a pensar que la muerte de Andre ha debido tener un gran impacto en ti para que cambies tanto.

–Sólo a una persona realmente insensible no le afectaría la muerte de alguien conocido –dijo Nina.

–¿Lo echas de menos?

–Trato de no pensar sobre ello –contestó Nina, pensando que así hubiese respondido Nadia.

–No, claro que no –dijo Marc–. Si piensas en ello, tendrías que cargar en tu conciencia con parte de la responsabilidad de lo ocurrido, ¿no es así?

–Yo no tuve nada que ver con la muerte de tu hermano –dijo Nina mirando al suelo.

–¿Crees que porque lo repitas muchas veces va a cambiar lo que hiciste? –preguntó él.

Nina deseaba poder contarle la verdad, pero cada vez que lo iba a hacer recordaba a Georgia y reprimía decir una verdad que hubiera significado perder a la niña.

–Tienes la culpa escrita en todo tu cuerpo –continuó Marc–. Casi no puedo mirarte sin pensar en la agonía que sufrió mi hermano antes de morir.

Nina se puso enferma. No tenía la fortaleza de su hermana para soportar aquello.

–¿Adónde te crees que vas? –instó Marc cuando Nina se disponía a abandonar la sala.

–Creo que sería prudente dejarte solo para que reflexiones.

–¿Crees que puedes escabullirte tan fácilmente? No voy a dejar que te vayas por las buenas. Voy a hacer todo lo que esté en mi mano para hacerte pagar por la destrucción que has causado en mi familia –gruñó Marc.

–No veo de qué manera el casarte conmigo va a ayudarte a hacerme pagar. A no ser que me vayas a encerrar en una torre y a tenerme a pan y agua –dijo Nina con una forzada indiferencia.

–¡Maldita seas! –dijo Marc agarrándola y besándola por segunda vez aquel día.

Nina trató de apartarlo con sus manos pero fue imposible, tenía el cuerpo de Marc pegado al suyo, imprimiéndole su masculinidad.

El beso empezó a ser muy íntimo y Nina sintió cómo una corriente eléctrica le recorría por todo el cuerpo, sintiendo la indomable fuerza y poder del cuerpo de Marc.

Nina sentía sus pechos contra el cuerpo de Marc, que empezó a besarla incluso más profundamente, tratando de provocar una respuesta que Nina no pretendía dar.

De repente, Marc se apartó de ella bruscamente.

Nina sacó un pañuelo para secarse la sangre que Marc le había hecho en el labio inferior, intentando demostrarle que no la afectaba todo aquello.

–Perdóname –dijo Marc con firmeza–. No quería hacerte daño.

–¿Hasta dónde querías llegar, lo suficientemente lejos como para tener que doblar el dinero de mi asignación?

–No tengo intención de darte más dinero de lo que hemos acordado. Ya te lo he dicho… nuestro matrimonio no se consumará –dijo Marc torciendo el gesto.

–Por mí está bien –dijo bruscamente Nina–. Pero te sugiero que primero se lo dejes claro a tu cuerpo –dijo mirando la pelvis de Marc–. Creo que no ha recibido el mensaje.

–Nina, te advertiría de que no vayas tan lejos. Quizá no te gusten las consecuencias.

–Vas a tener que intentarlo un poco más si quieres atemorizarme. No olvides que estoy acostumbrada a tratar con hombres despiadados –Nina alzó desafiante su barbilla.

–Te puedo destruir –le recordó Marc–. Puedo dar una exclusiva que haría que ni en una ciudad tan grande como ésta tuvieras un lugar donde esconder tu vergüenza.

–No sé en qué te beneficiaría destruir la reputación de la mujer con la que te acabas de casar –señaló Nina.

–No voy a cumplir mi amenaza, a no ser que te pases de la raya.

–Que amable de tu parte –se burló Nina–. Pero… ¿y qué pasa con tu comportamiento? ¿Eso también cuenta?

–Te doy mi palabra de que no ocurrirá de nuevo –dijo Marc–. A no ser que tú me lo pidas, desde luego.

–¡Qué típico! ¡No te puedes controlar y me echas a mí las culpas!

–Estabas comportándote de una manera muy provocadora.

–Ah, ¿sí? ¡Pues tú te has comportado como un completo bárbaro! –le espetó Nina–. No me sorprende que tu hermano tuviese a todas las mujeres detrás de él. Al contrario que tú, por lo menos tenía un poco de finura.

Nina trató de marcharse de la sala, pero Marc se lo impidió cerrando la puerta.

–Deja que me marche, Marc. Quiero ir a ver cómo está Georgia –dijo Nina, tratando de que él no viera las lágrimas de rabia que se asomaban a sus ojos.

Marc soltó la puerta y puso su mano en el hombro de Nina.

–No hagas que te odie más de lo que ya te odio –le dijo Nina susurrando.

Éste se quedó mirándola durante un largo rato.

Justo cuando Nina creyó que ya no podía más, Marc se apartó de ella.

–¿Marc? –dijo Nina después de unos segundos.

Éste se volvió hacia ella, sacando un papel del bolsillo de su pantalón y acercándoselo a ella. Era un extracto bancario en el cual se detallaba que ese día se habían depositado unos cuantos miles de dólares en la cuenta de Nina. Su asignación.

Nina se quedó mirando el documento durante un largo rato, sin darse siquiera cuenta de que Marc se había marchado de la habitación cerrando la puerta tras de sí.

Capítulo 10

POCO después de haber llegado a su habitación, Nina oyó que la llamaban a su teléfono móvil. Vio en la pantalla que era su hermana. Respondió susurrando.

–¿Eres tú?

–Pues claro que soy yo –se impacientó Nadia–. ¿Cuándo me puedes mandar el dinero? Tengo algunos problemas con las facturas.

–¿Y qué pasa con tu novio? ¿No ha resultado ser tan generoso como creías?

–Déjate ya de sarcasmos, Nina, teníamos un acuerdo, ¿recuerdas? Si no lo cumples, voy a ir por Georgia y comenzaré el proceso de adopción. No la verás nunca más.

Nina sabía que no tenía salida. Era demasiado tarde para explicarle todo a Marc.

–¿Cómo ha ido la boda? –preguntó Nadia, empleando un poco de sorna–. ¿Fue como siempre deseaste?

–Sabes que no fue así –espetó Nina–. Me sentí una farsante durante todo el tiempo.

–Pero no fuiste una farsante al llevar un traje blanco. Eres una de las pocas novias que tienen verdadero derecho a ir de blanco. Que pena que no le gustes a tu marido.

–En realidad sí que le gusto –contestó Nina irritada por el tono de voz de su hermana.

–Sólo porque se cree que soy yo. Si actuaras como tú eres en realidad, ni te miraría. Eres demasiado aburrida –dijo Nadia. Su risita burlona sacó de quicio a Nina.

–No creo que sea buena idea que me llames por teléfono. Si alguien contesta a mi teléfono… –dijo Nina, disimulando el mal genio que tenía.

–Voy a seguir llamándote hasta que tenga el dinero en mi cuenta –amenazó Nadia–. Y si no consigo contactar contigo en este teléfono, lo intentaré en el teléfono de la casa.

–Vale, lo haré. Te mandaré el dinero –dijo Nina con resignación.

–*Atta* chica –susurró Nadia–. Sabía que al final lo entenderías. ¡*Ciao*!

Nina esperó a que sus dedos dejaran de temblar antes de teclear los dígitos necesarios para hacer la transferencia a través del ordenador. Una vez la hubo hecho, trató de dormirse, pero no se podía relajar. No era el dinero y lo que acababa de hacer lo que le impedía dormir. No podía dejar de pensar en la forma en que Marc la había besado. Besaba con fiereza, haciendo que le hirviera la sangre.

No podía ignorar su creciente interés por él. Sentía que se le erizaba la piel cada vez que la miraba con sus ojos oscuros. No podía creer lo tonta que estaba. Se había enamorado de un hombre que lo único que sentía por ella era odio.

Necesitaba hacer mucho ejercicio para cansarse lo suficiente y así poder dormir; no lo conseguiría de otra manera. Pero era demasiado tarde para salir a dar una vuelta. Se acordó del gimnasio y la piscina que había en la planta de abajo, pero no sabía si ir por si Marc Marcello la oía.

Antes de pensárselo más veces, rebuscó entre sus cosas para encontrar su bañador. Un baño en la piscina climatizada era lo que necesitaba y, además, seguro que Marc ya estaba profundamente dormido.

Una vez en la piscina, sus músculos se empezaron a relajar a medida que iba nadando. Se detuvo a arreglarse el pelo y cuando se quitó el agua de los ojos vio unas piernas muy masculinas enfrente de ella. Despacio, miró hacia arriba y su mirada se encontró con la de Marc, que estuvo mirándola durante un largo rato.

–¿Qué pasa, Nina? –preguntó Marc–. ¿Te cuesta dormirte si estás sola?

–No, ¿y a ti?

Marc dirigió su mirada hacia los pechos de Nina, que se estremeció y sintió cómo sus pezones empezaron a ceñirse al bañador y la piel de sus brazos y piernas se erizaba. Trató de no quedarse mirando al estilizado cuerpo de Marc, pero le fue difícil.

–¿Qué estás haciendo? –le preguntó Nina al verlo empezar a meterse en el agua.

–¿Qué crees que estoy haciendo? –le preguntó él.

Nina trató de salirse de la piscina, pero, al intentarlo, resbaló en las escaleras y sintió las manos de Marc sujetándola por su cintura.

A Nina le faltó el aire cuando Marc le dio la vuelta para tenerla cara a cara.

–No creo que esto sea tan buena idea –dijo Nina, deseando que no se notara lo nerviosa que estaba.

–¿El qué no es tan buena idea? –preguntó Marc, mientras echaba chispas con su mirada.

—Pien... piensa en lo que te podría costar... —dijo Nina, apartando la mirada cuando sintió cómo Marc apretaba su duro muslo contra ella.

Marc subió sus manos de la cintura de Nina a sus hombros para así poder mantener su mirada.

—¿Crees que me importa el dinero? —preguntó Marc bajando el tono de voz.

Nina se mojó los labios con la lengua y deseó no haberlo hecho cuando él se quedó mirando su boca.

—Es mu... mucho dinero... y si fuese el doble... —Nina se quedó mirando la boca de Marc, preguntándose si iría a besarla.

Nina empezó a parpadear a medida que él se acercaba más a ella, su cuerpo parecía que buscaba la calidez del de Marc. Cuando éste tocó con sus labios los de Nina, ésta sintió como un estallido de calor dentro de ella. Marc la besó con más ganas, buscando con su lengua la de ella, adentrándose en aquella calidez húmeda de la boca de Nina.

Se dejaron llevar por la pasión, acariciándose mutuamente, besándose desenfrenadamente. En un momento dado, Nina bajó su mano para acariciar la erección de Marc, que empezó a besarla aún más intensamente.

—Esto es exactamente lo que habías planeado, ¿no es así? —dijo Marc cuando paró de besarla y la miró—. Querías que me comiera mis palabras, cada una de ellas.

—¡No! —contestó Nina, que apartó su mano del cuerpo de Marc—. No. Pues claro que no.

—Es otra de tus trampas. Te gusta hacerte la inocente de vez en cuando para tratar de que no me dé cuenta de tus verdaderas intenciones —dijo Marc, mirándola con desprecio.

–Marc… yo…

–Sé lo que quieres –dijo Marc saliendo de la piscina–. No te vas a quedar tranquila hasta que no me tengas suplicándote. Eso es lo que quieres. ¿No es así, Nina? Sería un triunfo para ti, para compensar el rechazo de Andre, tener a su hermano mayor haciendo lo que fuera por tu cuerpo. Por eso no me pediste que te pagara, para hacerme pensar que no estás detrás del dinero, cuando en realidad, quieres mucho más que dinero.

–Pero yo no estoy detrás de…

–Quítate de mi vista –le gruñó Marc–. ¡Llévate tus mentiras y tus juegos fuera de mi maldita vista!

Nina salió en silencio de la piscina, su orgullo no se dejó intimidar por la furia de Marc. Podía ver que él estaba más enfadado consigo mismo que con ella. Enfadado, porque a pesar de todo lo que había dicho, la quería.

–No me puedes mandar así –dijo Nina poniéndose delante de él–. No te lo voy a permitir.

–¿Que no me lo vas a *permitir*?

–No –contestó Nina–. No te voy a permitir que me hables de esa manera.

–Dime, Nina, ¿cómo me lo vas a impedir?

–Ya pensaré cómo –a Nina se le revolvió el estómago por la fiereza con que la miraba Marc, que se rió.

–Tienes un comportamiento terrible –continuó diciendo Nina–. Supongo que es por tener tanto dinero. Debes creer que puedes hacer que la gente haga lo que tú quieres si les extiendes un cheque o se lo exiges.

–Bueno, bueno, bueno –dijo Marc–. Pobrecita, mira cómo me regaña.

–¿Sabes cuál es tu problema, Marc? –dijo Nina, in-

dignada por la actitud de Marc–. No te gustas a ti
mismo. Me echas la culpa de la muerte de tu hermano,
pero tengo la impresión de que en realidad te culpas a
ti mismo.

Nina se dio cuenta de que lo que había dicho había
golpeado fuertemente a Marc, que estuvo callado durante un largo rato.

–Dime una cosa, Nina –Marc le levantó la barbilla
con un dedo–. Dime por qué te enamoraste de mi hermano.

A Nina le entró el pánico y el corazón se le des-
bocó.

–Tú lo amabas, ¿no es así? –preguntó Marc al ver
que ella no contestaba.

Nina bajó la mirada, no podía volver a mentirle.

–No –dijo suavemente Nina–. No lo amaba.

–Eres una puta cruel –Marc frunció el ceño cuando
Nina volvió a mirarlo–. Eres una mujerzuela hambrienta de dinero.

Nina cerró los ojos para no ver la furia de Marc.

–¡Mírame! –dijo Marc agarrándola por los brazos y
agitándola levemente–. ¡Destruiste su vida! Lo perse-
guiste y lo destruiste. ¿Para qué? ¿Para qué? –repitió
Marc amargamente.

–Marc, te tengo que decir… –comenzó a decir
Nina.

–No quiero escuchar nada de lo que tengas que decir –la interrumpió bruscamente Marc.

–Por favor, Marc –empezó a suplicar Nina–. Tú no
entiendes…

–Entiendo todo muy bien. Entiendo que a ti no te
gustó que Andre te abandonara sin dinero. Por eso fue
por lo que amenazaste con dar a Georgia en adopción.

¿No es verdad? –Marc miró a Nina con asco–. Nunca tuviste ninguna intención de darla en adopción, sólo era un juego para sacar todo el dinero que pudieras.

–Yo nunca he querido dinero de…

–¡No me mientas! –gritó Marc–. Te voy a decir una cosa, Nina. Puedes tomar tu dinero. Todo el dinero. Mañana te voy a dar el doble.

–Pero… –Nina parpadeó confundida.

–He cambiado de idea acerca de nuestro matrimonio –dijo Marc–. He decidido que no vamos a respetar las reglas que establecí.

–¡No puedes hablar en serio!

–¿Por qué estás tan preocupada, *cara*? Te acostaste con mi hermano sin amarlo. Estoy seguro de que serás capaz de acostarte conmigo –Marc le sonrió fríamente.

–¡No quiero acostarme contigo! –dijo Nina soltándose de las manos de Marc.

–Podríamos decir que me ha salido caro el privilegio –señaló sin misericordia Marc.

–Yo no estoy en venta –dijo Nina–. No me importa cuánto dinero me tires a los pies. No me comprarás.

–Ya has sido comprada, Nina –dijo Marc–. Ya te has guardado en el bolsillo una mensualidad.

–Marc, yo no quiero tu dinero –insistió Nina–. Nunca lo he querido.

Nina podía adivinar, por la expresión de cinismo de Marc, que no la creía.

–Si no lo querías, ¿por qué ya no está en tu cuenta bancaria? –preguntó Marc.

–¿Lo has comprobado? –preguntó Nina enfadada.

Marc asintió con la cabeza, con una expresión implacable.

–¡No tenías derecho a hacer eso! –Nina estaba aterrorizada. Si Marc seguía controlándola tanto, no tardaría en enterarse de la verdad.

—Sigues diciendo que no quieres dinero, ¿pero qué es lo que quieres, Nina? —preguntó Marc.

Nina no podía responder. ¿Cómo iba a decirle lo que realmente quería? Lo quería a él. Quería que la hiciera sentir que estaba viva, que era atractiva, irresistible. Quería que sintiera una incontrolable pasión por la mujer que realmente era ella... Nina.

—¿Es esto lo que realmente quieres, Nina? —preguntó Marc arrastrándola hacia él—. ¿Es esto lo que ansías más que el dinero? ¿Es lo mismo que yo también ansío, hasta el punto de que estoy como tonto de tanto que te necesito?

Volvieron a besarse apasionadamente y esta vez Nina atrajo a Marc hacia ella con sus manos, sus lenguas se acariciaban acaloradamente. Marc gimió, lo que hizo a Nina sentirse increíblemente femenina, vulnerable, y al mismo tiempo poderosa.

Aunque hubiese querido resistirse no hubiese podido. Aquella química abrasadora había estado entre ellos desde el primer día que se conocieron y parecía que, a pesar de los esfuerzos de Marc por resistirse a Nina, estaba claro que no podía seguir haciéndolo por más tiempo. Marc la deseaba de una manera increíble.

Mientras seguían besándose, se echaron en el suelo, se quitaron los bañadores y Marc penetró a Nina con una desesperación que ella misma pudo sentir en su interior. Nina soltó un leve grito debido al dolor que aquello le causó. Marc siguió moviéndose y miró a Nina, que tenía lágrimas en los ojos.

—*Cristo* —refunfuñó Marc, apartándose de ella rápidamente—. Nina... yo...

–Por favor, no digas nada –dijo Nina mientras se ponía de pie y tomaba su toalla.

–Por tu reacción, supongo que tuviste un parto difícil –dijo Marc con indiferencia.

Nina, sin mirarlo, se tapó con la toalla.

–¿Nina?

–No quiero hablar de ello.

–Tenemos que hablar, tanto si te gusta como si no. Necesito saber.

–¿Qué es lo que necesitas saber? –Nina se dio la vuelta hacia Marc–. ¿Quieres oír cómo Georgia nació después de quince horas de parto sin que su padre estuviese presente? ¿Quieres oír que su padre no quiso ni enterarse de que existía? ¿Es eso lo que quieres saber?

Marc se quedó mirando a Nina, todas sus acusaciones se disiparon.

–No tienes derecho a juzgarme –continuó Nina–. ¿Tienes alguna idea de lo que es estar embarazada y estar sola?

–No, no la tengo. Tienes razón, no tengo derecho a juzgarte.

–Georgia necesitaba un padre y mi... quiero decir *yo* necesitaba a alguien que me ayudara a traerla al mundo, pero a tu hermano no le interesaba.

–Él no había planeado tener un hijo contigo.

–¿Y qué? –preguntó Nina–. Cualquiera que sea el motivo, cuando un niño es concebido, deben ser los dos padres los que se preocupen por su bienestar. Aparte de que pueden ocurrir accidentes –miró a Marc fijamente–. Justo ahora no te he visto ponerte ningún preservativo.

–No me lo he puesto... ya sabes... –Marc se puso rojo.

–Seguro que sabes que los fluidos que salen antes de la eyaculación contienen miles de espermatozoides. Puede que te encuentres en la misma situación que tu hermano –le sugirió Nina.

–Si es así, asumiré mis responsabilidades.

–¿Incluso con el odio que me tienes, que casi no te permite ni mirarme?

–Apartaría mis sentimientos personales si tengo que hacerlo –dijo Marc.

Nina sabía que lo que decía era verdad; él no era como su hermano.

–No me preocupa. No tengo intención de quedarme embarazada.

–Si ocurriera… –dijo Marc pasándose una mano por el pelo–. ¿Me lo dirías?

–Por lo menos, tendrías derecho a saberlo –la mirada de Nina se encontró por unos segundos con la de Marc.

–Voy a ir a ver cómo está Georgia. Deberías irte a la cama; pareces… agotada.

–Gracias –dijo ella suavemente y se dirigió hacia la puerta.

–¿Nina?

–¿Sí? –preguntó Nina, dándose la vuelta para mirar a Marc.

–Lo siento –dijo Marc, sin mirarla abiertamente.

–¿El qué sientes? –preguntó Nina, soltando el picaporte de la puerta.

–Desearía haber sabido la verdad sobre el nacimiento de Georgia –dijo haciendo un esfuerzo para mirar a Nina.

–A mí me hubiese gustado que lo hubieras sabido

también. No te puedes imaginar cuánto –dijo Nina, tomando de nuevo el picaporte de la puerta para marcharse.

Marc quiso llamarla para que volviese, pero la puerta se cerró tras de ella, dejándolo allí, encerrado con su sentimiento de culpa.

Capítulo 11

ALA MAÑANA siguiente, cuando bajó con Georgia a la cocina, la primera cosa que Nina vio fue un cheque a su nombre en la banqueta, con justo el doble del dinero que el día anterior Marc le había ingresado en su cuenta.

No sabía si sentirse enfadada o dolida. Agarró el cheque y lo estrujó, tirándolo contra la pared. Inmediatamente escuchó a Lucía detrás de ella hablando entre dientes.

–¿Desea que limpie eso, *signora*? –preguntó Lucía mirando la bola de papel.

–*No. Mi cusi* –contestó Nina, sin darse cuenta de que lo hacía en italiano–. Ya me encargo yo.

Lucía se la quedó mirando, haciendo unas extrañas muecas con la boca.

–Te lo debería de haber dicho antes. Entiendo y hablo italiano –le dijo Nina.

–El *signore* Marcello no me lo había dicho –dijo Lucía, frunciendo levemente el ceño.

–El *signore* Marcello no lo sabe.

–¿No se lo ha dicho? –los oscuros ojos del ama de llaves echaban chispas.

–Hay muchas cosas que no le he dicho –contestó Nina, volviéndose a mirar a Georgia–. No le he dicho muchísimas cosas.

—El *signore* Marcello me ha dicho que le diga que tiene algunos negocios de los que ocuparse. Llegará a tiempo para que todos nos marchemos al aeropuerto.

—*Grazie*, Lucía —dijo Nina, dirigiéndole a Lucía una titubeante sonrisa.

—Será un buen marido —dijo Lucía tras unos segundos—. Debe darle tiempo. Todavía está llorando la muerte de sus seres queridos; no está bien —Lucía miró a la pequeña—. Georgia es una niña tan guapa. Ha traído alegría a la vida del *signore* Marcello.

—Es mi vida, ¿a que sí, Georgia? —dijo Nina, besándole los deditos a su sobrina.

—Es usted una madre maravillosa —dijo Lucía—. Nadie lo podría dudar.

Nina estaba sorprendida por aquel cambio de actitud del ama de llaves, ya que durante días había sido muy hostil con ella.

—La han llamado por teléfono mientras que estaba en la ducha —le dijo Lucía.

—¿Ah? —Nina se puso nerviosa.

—No quería que su teléfono móvil despertase a Georgia, así que respondí a la llamada —el ama de llaves hizo una breve pausa—. Espero que no la moleste.

—No —dijo Nina tragando saliva—. No, claro que no me molesta —Nina se esforzó para parecer calmada—. ¿Quién… quién era?

—Una mujer, pero no me dijo quién era. Por un momento pensé que era usted. Me asombré, de verdad. Su voz sonaba tan similar a la de usted…

—¿Dejó… algún mensaje? —preguntó Nina.

—Dijo que volvería a llamar en otro momento.

—*Grazie*.

Hubo otra pequeña pausa en la conversación.

–El *signore* Marcello me ha ordenado que la ayude a hacer su equipaje.

–Está bien, Lucía. Me las puedo arreglar sola. De todas maneras, no tengo muchas cosas que llevarme.

–Si le puedo ayudar con alguna cosa, *signora* Marcello, sólo tiene que decirlo. Será un placer, se lo aseguro.

–*Grazie*, Lucía.

Nina esperó a que el ama de llaves saliese de la cocina para soltar aire y suspirar.

–Estoy hasta el cuello, Georgia, y pronto me voy a ahogar –le dijo a su sobrina.

Más tarde ese mismo día, mientras se preparaban para marcharse al aeropuerto, Marc se dio cuenta de que Nina evitaba mirarlo. Hablaba con Lucía y estaba muy cariñosa con Georgia, pero cada vez que su mirada se cruzaba con la de él, la retiraba rápidamente, poniéndose roja.

Marc no podía dejar de pensar en lo ocurrido la noche anterior. Le resultó imposible resistirse a Nina y no podía dejar de pensar en ella.

Durante años, había evitado establecer lazos emocionales con nadie, no le gustaba sentirse tan vulnerable. No podía creerse que la Nina con la que se había casado fuese la misma persona de la que le habló su hermano. Las personas podían cambiar, pero el cambio que se suponía había experimentado Nina era increíble.

–Por tu silencio, supongo que no tienes ganas de tomar el avión –dijo Marc.

Nina buscó en su bolso y le dio a Marc el cheque que había dejado en la cocina esa misma mañana, mirándolo con enfado.

–Me disculpo por lo que pasó anoche. Este viaje va a ser todavía más desagradable si no aceptas mi arrepentimiento –dijo Marc. Nina lo miró resentida.

–No es tu arrepentimiento lo que no acepto –espetó Nina–. Es tu dinero.

–No entiendo por qué estás tan enfadada. Teníamos una apuesta, yo la he perdido y, cómo acordamos, he pagado... Tal vez te arrepientes de haber apostado tan poco dinero –Marc hizo una mueca–. ¿Quieres que lo triplique para que no te enfades?

Nina miró para otro lado. El odioso cinismo de Marc hizo que las lágrimas aparecieran en sus ojos.

–Vamos, Nina –la reprendió suavemente Marc–. No es la primera vez que te pagan por tus encantos. Andre me contó cómo te gustaba que te regalara joyas. No tiene sentido que te hagas la victima ofendida; simplemente tú no eres así.

Poco después, estaban sentados en el jet privado de Marc. Nina tuvo suerte de que, en el aeropuerto, no pidieran más documentos de los que tenía, ya que ni siquiera llevaba el certificado de nacimiento de Georgia.

Cuando el jet empezó a despegar, a pesar de lo lujoso que era y de que el personal de Marc trataba que todo fuese lo más confortable posible, a Nina le entró el pánico. Cerró los ojos y sintió cómo Marc le tomaba la mano, ante lo cual los abrió, encontrándose con su profunda mirada. Nina lo miró avergonzada.

–Ya sé que es una tontería, pero no puedo evitarlo.

–No es una tontería –dijo Marc apretándole la mano–. Cierra los ojos y trata de dormirte. Antes de que te des cuenta estaremos allí.

Trató de descansar, pero aunque estaba exhausta, al tener a Marc sentado tan cerca, no pudo dormirse.

Podía oler su fragancia y, cada vez que se movía, sentía su fuerte brazo rozar el suyo.

Se dio cuenta de que la miraba una o dos veces. Se preguntó si sospecharía de ella. Después de lo que había pasado la noche anterior estaba segura de que lo haría.

Cuando finalmente llegaron al aeropuerto de Nápoles, unos cuantos miembros del personal de la familia Marcello los estaban esperando con un coche.

–¿Cómo está mi padre, Guido? –le preguntó Marc al conductor del coche mientras los llevaba a Sorrento.

–Está debilitándose, *signore* Marcello. Vive por la ilusión de ver a la hija de Andre.

–Sí… –dijo Marc. Nina oyó el profundo suspiro de Marc, su tono de voz era enormemente triste–. Lo sé.

La villa Marcello estaba situada cerca de Sorrento, sobre un acantilado en la bahía de Nápoles, entre laderas llenas de olivos y exuberantes limonares y naranjales.

Nina miró a su alrededor maravillada. Las vistas sobre el mar eran impresionantes.

Se acercaron hacia la entrada de la casa, donde había otro miembro del personal hablando con Lucía, que se había adelantado a ellos.

–*Buon giorno, signore* Marcello. Su padre le está esperando en el salón.

–*Grazie,* Paloma.

Los ojos oscuros de Paloma dirigieron su mirada hacia Nina, pero en vez de la frialdad con la que Nina esperaba que la recibieran, la mujer le sonrió afectuosamente.

–Es usted muy bienvenida, *signora* Marcello. No hablo muy bien inglés, pero trataré de serle de ayuda.

–Muy amable –respondió Nina–. *Grazie.*

Entraron en el *palazzo* y en la puerta del salón había otro miembro del personal que les abrió la puerta. Nina entró detrás de Marc, e inmediatamente miró la figura que estaba sentada en una silla de ruedas al lado del sofá.

–Papá –Marc se inclinó sobre su padre y le dio dos besos en las mejillas–. Me alegro de verte. Éstas son Nina y tu nieta, Georgia.

Nina le ofreció la mano, pero el anciano la ignoró y miró a la pequeña. Se le humedecieron los ojos y le tembló levemente la barbilla cuando acercó una mano para tocar a Georgia, la cual gorjeó y sonrió, marcándosele unos hoyuelos en las mejillas.

Nina tuvo que reprimir las lágrimas. Colocó a la niña en el regazo del anciano y se apartó, dándose cuenta de que Marc estaba mirándola.

–Se parece tanto a Andre… y a tu madre –dijo Vito en italiano, con la voz ronca por la emoción.

–Sí.

–Por una vez has hecho lo correcto, Marc –continuó diciendo el anciano en italiano–. Sé que no quieres estar atado a una mujer como ésta, pero pronto terminará. Ya he buscado asesoramiento legal. Cuando llegue el momento, no vas a tener ningún problema para quitarle la niña.

A Nina le fue difícil aparentar que no comprendía. El enfado le recorría todo el cuerpo.

–¿Crees que entiende algo de lo que estamos hablando? –preguntó Vito, con una mueca de desdén, ya que Marc parecía incómodo con la conversación–. Entonces es que eres tonto, Marc. Andre me dijo que es una mujerzuela inculta con la cabeza vacía. ¿No me digas que tienes dudas sobre ello? ¿Qué es lo que te ha hecho? ¿Se ha metido en tu cama?

Cuando Nina, que simulaba disfrutar de las vistas desde la ventana, se dio la vuelta, vio cómo a Marc se le enrojecían las mejillas.

–¡No te olvides de lo que ha hecho! –prosiguió Vito acaloradamente.

–No lo he olvidado –dijo Marc, tomando a Georgia en brazos–. Es hora de que Georgia se vaya a la cama. Te dejaremos que descanses antes de la cena –Marc miró de nuevo a Nina y le dijo en inglés–. Vamos Nina, tenemos que acostar a Georgia y cambiarnos para la cena.

–Ha sido un placer conocerlo, *signore* Marcello –dijo Nina, sonriendo a Vito educadamente y tendiéndole de nuevo la mano, que de nuevo rechazó el anciano.

–¿Papá? –Marc le frunció el ceño a su padre, forzándole a ser educado.

–Gracias por permitir que mi nieta viniese a visitarme. No me queda mucho tiempo. Ella es todo lo que nos queda de Andre –le dijo Vito a Nina, tomando levemente su mano.

–Sí, siento mucho todo lo que tiene que haber sufrido –dijo Nina.

–Usted no sabe nada de lo que yo he sufrido. Nada –dijo Vito, apartándose de ella.

Marc agarró a Nina por el brazo y se la llevó.

–Disculpa el comportamiento de mi padre –le dijo a Nina mientras se dirigían hacia la inmensa escalera que llevaba a los pisos de arriba–. Todavía está llorando la pérdida de mi hermano –dudó un momento antes de seguir hablando–. Creo que no tengo que decirte que mi hermano era su favorito.

–Está bien, Marc. Lo entiendo. Ha sido una época terrible para todos vosotros –dijo Nina, parándose a mirarlo.

–A veces, me pregunto lo que habría pensado mi madre de ti –dijo Marc con una extraña y triste sonrisa.

–¿Tu madre?

–Sí, mi madre –dijo Marc, señalando un retrato que había colgado en la pared.

–Es muy guapa –dijo Nina al mirar el retrato.

–Sí… *era* muy guapa –dijo Marc, con un tono de voz que atrajo la mirada de Nina–. Mi padre nunca me ha perdonado que la empujara hacia la muerte.

Nina trató de decir algo pero no le salieron las palabras.

–Llegué tarde. Habíamos quedado para vernos, pero llegué tarde. La llamé por teléfono para que hiciera tiempo hasta que yo llegara. Estaba al otro lado de la calle cuando me vio llegar. Me llamó y saludó con la mano… una moto la arrastró cuando trató de cruzar la calle.

–Oh, Marc.

–No vio al otro coche que se acercaba. Yo tampoco lo vi hasta que la levantó por los aires como a una muñeca de trapo –Marc se dio la vuelta para mirar el retrato y suspiró–. Si hubiera llegado sólo unos segundos antes…

–¡No! –Nina lo agarró por los brazos–. No. ¡No debes pensar eso!

Marc se soltó de Nina y siguió subiendo las escaleras, abrazando a su sobrina.

–No puedes cambiar el pasado, Nina. Tú, más que nadie, deberías saberlo. Todos hacemos cosas de las que luego nos arrepentimos.

Nina pensó que él tenía razón. Ella misma se arrepentía de no haberle dicho el primer día la verdad de lo que estaba pasando con Georgia.

–¿Marc?

–Nina, ésta es la última oportunidad que tiene mi padre de tener paz. Sé que es difícil para ti… –Marc no pudo terminar del hablar por la emoción.

–No. No lo es –dijo Nina, tocándole suavemente el brazo–. Le debo esto a la memoria de tu hermano. En otra vida o en distintas circunstancias tal vez hubiese aceptado a Georgia con mucho gusto. Simplemente no era el momento. Tú has asumido el papel de su padre. Yo soy… su madre. De nosotros depende que su vida sea como debe ser.

–¿Y no tienes problemas con toda esta situación? –preguntó Marc.

–No –contestó Nina mirando a su sobrina–. Por ahora.

Nina no podía dejar de observar el dolor que Marc tenía reflejado en los ojos. Volver a su casa le había afectado profundamente, los recuerdos le habían despertado el sentimiento de culpa por la muerte de su madre. A Nina le ocurría algo similar. Aunque su madre había sido responsable de su propia muerte, ella sentía que de alguna manera le había fallado. Podía haber ido a visitarla mucho más de lo que lo hizo y, sobre todo, podía haber presionado más para que ingresara en una clínica, lo que tal vez habría ayudado a que las cosas hubieran sido distintas.

–Ven –dijo Marc con su profunda voz–. Lucía estará esperando para arreglar a Georgia. A mi padre no le gusta que le hagan esperar.

Capítulo 12

UNA VEZ que hubo dado de comer y bañado a Georgia, Nina la dejó al cuidado de Lucía y se dirigió a la habitación que Paloma había preparado para ella.

Una cama enorme dominaba la habitación, lujosamente amueblada. Había una puerta que daba a un cuarto de baño individual y otra que, según le había dicho Paloma, daba a la suite de Marc.

Llamaron a la puerta y Nina invitó a entrar. Se le secó la garganta cuando vio a Marc entrar en la habitación. Estaba elegantemente vestido con un traje para la cena.

—A mi padre le gusta arreglarse para cenar —explicó Marc—. ¿Tienes todo lo que necesitas?

—Sí —contestó Nina, señalando al vestido que Paloma le había dejado preparado—. Lo siento, no tardaré mucho. Quería asegurarme de que Georgia se quedaba tranquila.

—Te esperaré en mi suite. Llama a la puerta cuando estés preparada para bajar. Te llevará un poco de tiempo saber dónde están las cosas en la villa por lo grande que es.

—Gracias —Nina esperó a que Marc se marchara para desvestirse y ponerse el traje que había escogido, que era de Nadia.

Cuando estuvo lista, llamó a la puerta de Marc y aguantó la respiración al oír que éste se acercaba.

—¿Estás lista? —le preguntó Marc, mirándola de arriba a abajo con abierta aprobación.

—Sí —contestó Nina, dirigiéndole una leve sonrisa.

El comedor estaba amueblado tan lujosamente como el resto de la villa. Las paredes estaban adornadas con obras de arte de valor incalculable. Había varios espejos, con los bordes dorados, que hacían parecer al comedor incluso más espacioso de lo que ya de por sí era.

Cuando llegaron, Vito Marcello ya estaba sentado, presidiendo la mesa.

—Llegas tarde, Marc —le reprobó Vito en italiano—. ¿Todavía no le has enseñado a tu mujer a ser puntual?

—No ha sido culpa de Nina el que lleguemos tarde —contestó Marc, también en italiano—. He tenido que hacer varias llamadas de teléfono. He sido yo el que ha tenido a Nina esperando.

Nina se sentó y esperó a que Marc se sentara enfrente de ella para dirigirle una mirada de agradecimiento.

—Tiene una casa muy bonita, *signore* Marcello —dijo Nina, tratando de romper el incómodo silencio que se había creado.

—Algún día será de Georgia —contestó Vito en inglés—. A no ser que Marc tenga un hijo. ¿Qué te parece Marc? —prosiguió hablando en italiano y añadió en un tono insultante—. Estoy seguro de que a tu mujer no le importará si le pagas suficiente dinero. Se ha abierto de piernas para muchos hombres, ¿por qué no lo va a hacer para ti?

–Lo que hay entre Nina y yo se queda entre nosotros –dijo Marc con calma–. Preferiría, papá, que no la insultaras en mi presencia. Después de todo, es la madre de tu única nieta y se merece un poco de respeto.

–¡Ella es la razón por la que tu hermano está muerto! Debe pagar por ello –dijo Vito. Sus ojos echaban chispas.

–¿Cómo? –preguntó Marc sin alterarse–. ¿Burlándote de ella cada vez que se te presente la ocasión? ¿Ahondando todo el tiempo en su sentimiento de culpa como haces conmigo?

Vito miró a su hijo con la cólera reflejada en los ojos.

–Es verdad, ¿o no? –continuó diciendo Marc con la misma calma–. Siempre me has echado la culpa de la muerte de mi madre porque no quieres afrontar el papel que tú jugaste en ella.

–Tú llegaste tarde –dijo Vito entrecortadamente–. Tú la mataste al llegar tarde.

–No, papá –insistió Marc–. Fuiste tú el que llegó tarde. Habías estado bebiendo. Tuve que esperar a que estuvieras sobrio para que firmaras unos documentos.

Nina observó con angustia cómo el anciano difícilmente podía controlar sus emociones.

–Es muy fácil echarle las culpas a otro antes de afrontar el dolor que encierra la verdad –continuó diciendo Marc con delicadeza–. Tal vez tengamos culpa los dos. Yo no debía de haber encubierto tus borracheras durante tanto tiempo como lo hice. Viendo el precio que hemos tenido que pagar por mi silencio, ahora no lo volvería a hacer.

Vito se apartó de la mesa e hizo un gesto al hombre que había llenado los vasos para que lo sacara del salón, ante lo cual Marc se levantó por respeto a su padre.

—Siento que hayas tenido que presenciar esto —le dijo Marc a Nina mientras sus miradas se encontraban.

—No pasa nada —contestó Nina bajando la mirada—. Lo entiendo... no sabes hasta qué punto.

Hubo un largo silencio, durante el cual Nina era consciente de que Marc la miraba, como queriendo poner algunas cosas en claro.

—¿Desde cuándo hablas mi idioma? —preguntó Marc.

—Lo... lo estudié en el colegio y en la universidad.

—¿Y no creíste que fuera necesario decírmelo?

—Tenía mis razones.

—Sí —dijo Marc con resentimiento—. Sin ninguna duda, has podido escuchar lo que se ha dicho de ti y podrás utilizarlo en mi contra más tarde. ¿Hay algo más que no me hayas dicho sobre ti que yo deba saber?

—No —contestó Nina bajando la mirada.

—¿Por qué tengo la impresión de que me estás mintiendo, Nina?

—No... no lo sé —contestó Nina de manera poco convincente.

—Eres una mujer intrigante, *cara* —dijo suavemente Marc—. Me pregunto qué otros secretos me esconden tus ojos grises.

—N... no hay secretos —dijo Nina—. No tengo ningún secreto.

Marc acarició los labios de Nina con su dedo pulgar hasta que ésta perdió el sentido de la realidad. Deseaba ser besada y acariciada por él y, cuando éste la tomó por la cintura y ambos se fundieron en un apasionado beso, Nina se estremeció de placer. Pero, de repente, Marc se apartó de ella.

—Me prometí a mí mismo que no te iba a volver a tocar. Después de anoche…

Nina no dijo nada, ya que entró personal del servicio en el salón.

Al terminar la cena, durante la que Nina apenas habló, Marc se acercó a ella y la acompañó hasta su habitación.

—Me gustaría que pensaras en la posibilidad de convertir nuestro matrimonio en un matrimonio de verdad —dijo Marc en la puerta de la suite.

Nina se le quedó mirando. Su corazón se iba a desbocar.

—Quiero lo mejor para Georgia y, a pesar de lo que me dijo mi hermano, ahora creo que tú también quieres lo mejor para ella. Por eso pienso que sería mejor si nos comportamos de una manera normal y ella creciera en el mejor ambiente posible. No sería bueno para ella estar con unos padres que se pelean todo el tiempo —dijo Marc con una suave sonrisa—. Todavía estás con el desfase horario del viaje. Te voy a dejar que duermas tranquila. Por ahora.

Nina no quería dormir tranquila, ¡quería dormir con él!

—Vamos, *cara* —dijo Marc al ver que Nina no se movía—. Estoy tratando de ser un caballero, pero no me lo estás poniendo fácil.

—¿No… no te lo estoy poniendo fácil? —Nina se humedeció los labios.

—No. No me lo pones fácil. Sólo tengo que mirarte

para quemarme. Vete ahora que todavía tengo fuerza para resistirme.

Nina se metió en su habitación. Se recordó a sí misma, con dolor, que la realidad era que él la odiaba. La odiaba aunque la deseara y había decidido dejar a un lado ese odio por el bien de Georgia.

Capítulo 13

DURANTE la noche, Nina se despertó con uno de sus habituales dolores de tripa debidos a la menstruación. Fue al baño para tomarse dos analgésicos y esperó sentada en el borde de la bañera a que hicieran efecto.

—¿Nina? —la voz de Marc se oyó por detrás de la puerta—. ¿Estás bien?

—Estoy bien —contestó Nina.

—Me pareció oírte quejándote. ¿Estás enferma?

—No. No estoy enferma, de verdad.

—¿Te traigo algo?

—Estoy bien. Esto no es nada nuevo para mí —Nina se levantó y abrió la puerta.

—¿Tienes el periodo? —Marc frunció el ceño.

—Te has salvado, Marc —dijo Nina—. No vas a ser padre. ¿No estás contento?

—Estás pálida, ¿seguro que estás bien? —preguntó Marc tomándola por la muñeca.

—Marc, Georgia está dormida. Ahora mismo no tienes que simular estar interesado en mi bienestar.

—Estás viviendo en la casa de mi familia y por lo tanto bajo mi protección —dijo Marc—. Si estás enferma, me lo tienes que decir.

—¡No estoy enferma! Sólo necesito que me dejes sola. ¿Es mucho pedir? —dijo Nina, soltándose de la mano de Marc, que la agarró de nuevo y la miró a los ojos.

—Estás llorando —dijo Marc sorprendido.

—No me lo digas —contesto Nina frotándose los ojos.

—¿Por qué estás llorando?

—¿Tienes una ley que lo impide, Marc? ¿Te tengo que pedir permiso?

—No… yo sólo te estaba preguntando.

—Estoy llorando porque siempre lloro cuando tengo el periodo —dijo entre sollozos Nina—. No lo puedo evitar. Me emociono demasiado —se sonó la nariz con el pañuelo que Marc le había acercado—. No tenía intención de despertarte. Lo siento… pero yo…

—Eh —Marc tomó con su mano la cabeza de Nina y la acercó a su pecho.

Nina acurrucó su cabeza entre la calidez del pecho de Marc y lo abrazó por la cintura.

—Sss —le dijo suavemente Marc—. No llores.

La amabilidad y dulzura de Marc hicieron que el sentimiento de culpa que tenía Nina por todas las mentiras que había dicho se incrementara.

Durante un rato Marc estuvo de pie con Nina en su pecho, apoyando su barbilla en su cabeza. Deseaba poder parar el tiempo y quedarse allí con ella para siempre.

—Lo siento —Nina se apartó de él—. Te he mojado la camisa.

—No pasa nada. De todas maneras estaba a punto de quitármela —dijo Marc sonriendo.

—Mejor… mejor que vuelva a la cama. Es tarde —dijo Nina, mirándolo con vergüenza.

–Nina –Marc tomó su mano y le besó los dedos mientras la miraba a los ojos.

–Marc… yo… –Nina tragó saliva.

–No hables, Nina.

–No creo que nosotros… –dejó de hablar cuando Marc le puso un dedo en la boca.

–No hables –insistió Marc–. He cambiado de opinión. Te voy a llevar a la cama, en mi habitación. No para tener relaciones sexuales, eso puede esperar. Sólo quiero abrazarte.

–¿Por… por qué? –preguntó Nina en cuanto Marc le retiró el dedo de la boca.

–Porque cuando te abrazo me olvido de mi hermano. Me olvido de mi dolor. Sólo pienso en lo agradable que es tenerte entre mis brazos.

–Vale –Nina bajó la mirada–. Voy a dormir contigo.

Mientras se dirigían a la habitación, Nina no podía dejar de pensar en todas las mentiras que le había contado y que habían llevado a aquella situación.

Cuando ella ya estaba metida en la cama, escuchó cómo Marc, que se había ido al baño, se lavaba los dientes y se daba una ducha. Deseaba poder dormirse antes de que él regresara, pero los nervios se lo impedían.

Cuando finalmente Marc se metió en la cama, el silencio que imperaba en la habitación le impedía a Nina relajarse.

–¿Eres siempre tan inquieta en la cama? –preguntó Marc.

–No estoy acostumbrada a dormir con… –Nina no terminó la frase, consciente de lo que acababa de decir. Le ardían las mejillas.

−¿Quieres decir que en el pasado te acostabas con ellos y te marchabas?

−Yo no lo diría exactamente así.

Marc deseaba poder controlar los celos que lo invadían cuando pensaba en que ella había estado con su hermano y Dios sabía cuántos hombres más.

−¿Cómo lo dirías tú exactamente? −preguntó Marc, sin poder evitar un tono de desprecio.

−No quiero discutir contigo. Estoy cansada y discutir sólo empeoraría las cosas.

−¿Pasaste alguna noche entera con mi hermano o simplemente cumpliste con él y te marchaste tan pronto como pudiste?

−Lo que has dicho es despreciable −dijo Nina, que sabía que su hermana era promiscua, pero no una prostituta.

−¿Pasaste alguna vez una noche entera con él? −preguntó Marc de nuevo.

−A ti no te incumbe −dijo Nina, cerrando los ojos y dándose la vuelta.

−¿Te pagó alguna vez a cambio de sexo? −preguntó Marc, forzando con su mano que Nina se diera la vuelta.

−¿Tú qué crees? −contestó Nina con tono desafiante−. Tú crees que me conoces mejor que Andre. ¿Crees que yo haría algo así?

Marc se dio la vuelta en la cama sin contestar a Nina. Quería pensar lo contrario, pero todo lo que le había contado su hermano sobre ella le hacía creer que sí sería capaz de hacer algo así.

−¿Marc? −susurró Nina en la oscuridad unos minutos después. Pero no hubo respuesta, salvo la profunda respiración que indicaba que se había quedado dormido.

Al día siguiente por la mañana temprano, Nina sintió unos fuertes brazos abrazándola, haciéndola sentir tan segura como nunca antes lo había estado.

Trató de volver a dormirse, pero le fue imposible, ya que sentía la calidez del cuerpo de Marc, su firmeza y cómo crecía su excitación sexual. El cuerpo de Nina se excitó también. Sintió el deseo en sus pechos y entre sus piernas.

Cuando Marc comenzó a acariciarle el cuello y a besarla, no pudo resistirse.

—Mmm —murmuró Marc mientras le hacía cosquillas con la boca—. Tienes un sabor maravilloso.

—¿De… de verdad? —Nina se estremeció levemente cuando Marc introdujo la lengua en su oreja.

—Mmm —la boca de Marc se acercó a los labios de Nina y los acarició—. *Delicioso*.

Nina suspiró de placer cuando Marc posó la boca en la suya y la besó de forma diferente a como lo había hecho antes; despacio, sin prisa, pero no menos seductoramente.

Empezó a besarla más profundamente y pudo sentir cómo su cuerpo pedía más. Marc la acercaba más a él, la acercaba a su erección, que latía con pasión.

—Te deseo tanto —dijo Marc—. Creo que nunca he deseado a nadie tanto.

Cuando Marc empezó a subir la mano por su muslo, Nina recordó por qué se encontraba en aquella cama.

—No puedo —dijo apartándole la mano—. El periodo, ¿te acuerdas?

–No consideraba que fueras tan tímida para estas cosas –dijo Marc, después de mirar a Nina durante un largo rato–. Es demasiado antiguo ser tan remilgado ante una cosa perfectamente normal como ésa.

–Lo sé. Lo siento.

–Últimamente te estás disculpando mucho –Marc le dirigió una sonrisa irónica–. Ya que estás en ello, ¿hay algo más de lo que te quieras disculpar?

–¡No! No, claro que no –Nina apartó su mirada de Marc.

–Sólo estaba preguntando –dijo Marc, apartándole a Nina un mechón de pelo de la boca–. A veces, Nina, pienso que me estás ocultando algo. Algo importante.

–¿Qué te podría estar ocultando? –preguntó Nina, desasosegada.

–No lo sé. He tratado, sin éxito, saber cómo es la verdadera Nina.

–Me es difícil ser como realmente soy a tu lado –dijo Nina.

–¿Por qué? –preguntó Marc–. ¿Por mi hermano?

No, por mi hermana, quiso decir Nina, aunque no pudo hacerlo.

–Has estado tan enfadado conmigo todo el tiempo –dijo en vez de eso–. No estoy acostumbrada a tratar con tanto sentimiento negativo.

–Tienes razón. La muerte de Andre sumada a la de mi madre me ha golpeado por ambos lados. Hace mucho que no soy yo mismo. A veces me pregunto si volveré a serlo.

–Sabes que lo entiendo –dijo Nina, mirando a Marc con empatía.

–Sí, supongo que lo entiendes. Tú también lo perdiste y, aunque dices que no lo amabas, al fin y al cabo era el padre de Georgia y seguro que eso cuenta.

–Cuenta para muchas cosas –dijo Nina en voz baja.

–Mejor que durmamos un poco, Nina –dijo Marc, acomodándose entre las sábanas.

Nina lo miró durante bastante tiempo. Quería acariciar su nariz, besarlo, hacer el amor con él.

–¿Marc? –Nina susurró su nombre.

–¿Mmm?

–Quiero que sepas que creo que eres un sustituto de padre maravilloso para Georgia.

–Gracias –dijo Marc, tomando la mano de Nina–. La quiero como si fuese mi hija.

–Así como… –Nina no terminó de hablar. Su corazón le dio un vuelco al darse cuenta de lo que iba a decir: *así como yo*.

Supuso que Marc se había dado cuenta y le entró el pánico. Sentía la sangre agolpándose en sus orejas y se le iba a desbocar el corazón. Pero al escuchar su respiración, se dio cuenta de que se había quedado dormido.

Su secreto estaba a salvo, pero había estado cerca, demasiado cerca de ser descubierto.

Capítulo 14

CUANDO Nina se despertó a la mañana siguiente, se encontró a Marc recostado en la cama mirándola. Sintió cómo se le enrojecían las mejillas.

Trató de levantarse de la cama, pero Marc se lo impidió con la mano.

—No, no te vayas corriendo. Lucía está cuidando a Georgia. Tienes derecho a descansar. ¿Cómo te encuentras?

—Estoy bien. Ya no me duele la tripa.

—Bien —dijo Marc. Nina le oyó levantarse de la cama, pero no miró hacia él por miedo a no ser capaz de verlo sin ropa—. Tengo planes para ti.

—¿Planes? —Nina lo miró un segundo.

—Ésta es la primera vez que visitas Sorrento, ¿no? Podemos dejar a Georgia con Lucía mientras yo te enseño los alrededores. Podemos ir a ver la iglesia de San Francisco y a comer en uno de los restaurantes del centro de Sorrento, en la plaza Tasso. Mañana podríamos visitar las ruinas de Pompeya y después ir a Positano para comer.

—Estás seguro de que Georgia estará…

—Estará bien —le aseguró Marc—. Mi padre querrá pasar tiempo con ella, desde luego bajo la supervisión de Lucía. Por lo que ocurrió anoche, mejor que no estemos nosotros.

–Si hay algo que yo pueda hacer... –dijo Nina, bajando la mirada una vez más.

–Sé tú misma, Nina. No puedes hacer más que eso.

Aquellas palabras fueron como un puñal en el corazón para Nina. ¡Si realmente pudiera ser ella misma!

La mañana era soleada y las calles estaban llenas de turistas que querían ver aquella zona de la costa Amalfi. Las vistas desde los jardines que había encima de la típica plaza italiana Tasso eran espectaculares y Nina no pudo evitar pensar que todas sus preocupaciones y miedos desaparecían.

Estar en compañía de Marc era como una potente droga; cuanto más tenía, más quería. Los ojos de Marc ya no denotaban odio y su boca había reemplazado el gesto de desprecio por una sonrisa.

–Según la leyenda, fue aquí, en Sorrento, donde Ulises escuchó las tentadoras canciones de las sirenas; las ninfas que pretendían atraer a los marineros.

Nina trató de concentrarse en lo que le estaba contando Marc, en vez de en la manera en que sus labios se movían al hablar o en cómo sentía cosquillas en el estómago cada vez que la miraba.

–Es tan bonito –dijo Nina–. Debes echar muchísimo de menos todo esto ahora que vives en Sidney.

–Sí, pero después de que mi madre muriera, sentí que tenía que huir de aquí –dijo Marc, dando un pequeño suspiro–. Mi padre decidió que Andre estableciera la sucursal de Sidney, pero después de un tiempo quedó claro que no estaba haciendo un buen trabajo.

Nina pensó que le iba a echar las culpas a su hermana, y por lo tanto a ella, de que Andre no hubiese atendido adecuadamente la sucursal de Sidney, pero ante su sorpresa no lo hizo.

—Andre era un hombre de fiestas, no un banquero, pero mi padre no quería reconocerlo. Le molestaba el hecho de que yo manejara mejor los negocios que su hijo favorito —Marc prosiguió—. Pero yo creo, que si le hubieran dado tiempo, mi mimado hermano hubiese terminado como mi padre está ahora... amargado y roto, con no muchas esperanzas de seguir adelante debido al alcohol que aún sigue bebiendo.

—Marc, sé que no vas a creerlo, pero yo también sé lo que se siente al no ser el hijo favorito. Hace tanto daño darse cuenta que por mucho que lo intentes nunca vas a satisfacer por completo a quién más quieres —dijo Nina, acariciando la mano de Marc.

—Pensé que eras hija única —dijo Marc, frunciendo levemente el ceño.

Nina se quedó helada.

—¿Cómo vas a saber cómo se siente uno al no ser el hijo favorito si tú eres hija única?

El silencio se hizo interminable mientras Nina trataba de encontrar algo que decir.

—Yo... yo quise decir que me puedo imaginar cómo se siente...

Marc tardó uno o dos segundos en responder, pero a Nina le pareció un siglo.

—Deberíamos volver —dijo tomando a Nina por el brazo—. El sol te está empezando a quemar la cara. Debería haberte dicho que te trajeras un gorro.

A Nina le temblaban las piernas mientras caminaban hacia el coche, pensando en lo cerca que había estado, de nuevo, de echarlo todo a perder.

Los siguientes días transcurrieron de la misma manera. Cada mañana, Nina se despertaba con Marc abrazándola. Después del desayuno, la llevaba a dar una vuelta mientras que Lucía cuidaba de Georgia para que Vito pudiese pasar tiempo con la niña.

Nina se quedó fascinada con Pompeya; con su trágica historia.

—Es tan triste —dijo Nina al terminar de visitar la ciudad—. Pensar que no tuvieron tiempo de escapar, ningún sitio hacia donde correr o escapar, ninguna esperanza de proteger a los que querían…

Marc la miró, pensando que en momentos como ése era difícil pensar de ella otra cosa que no fuese que era una joven amable y bondadosa, que se preocupaba por los que sufrían, y se preguntó dónde estaría en aquel momento la *mujerzuela egoísta*.

Durante las primeras noches, Vito Marcello cenó a solas en su suite. Pero la cuarta noche que estuvieron allí, cuando Nina bajó poco después que Marc, se encontró a ambos sentados esperándola.

Al principio, todo fue un poco forzado, pero Nina se dio cuenta de que Vito Marcello se esforzaba en intentar arreglar lo mal educado que fue la primera noche que llegaron. También parecía hacer un esfuerzo para no beber demasiado.

—Georgia es una niña preciosa —dijo Vito en un determinado momento—. He disfrutado del tiempo que he pasado con ella cada mañana. Gracias por permitirme el privilegio de conocerla.

—Me alegra que haya disfrutado con ella, *signore* Marcello —dijo Nina suavemente—. Ella es muy especial.

—Lucía me ha dicho que es usted una buena madre. Y, como mi hijo me ha dicho que habla nuestro idioma, le ruego me disculpe por la forma tan insultante en la que me referí a usted la otra noche —dijo Vito, dirigiendo una prolongada mirada a Nina.

—No pasa nada. Ya me he olvidado de todo aquello.

—También debo disculparme por la carta que le mandé. Algunas de las cosas que dije eran... imperdonables. Todavía me sorprende que accediera a casarse con Marc cuando tenía un arma como ésa contra nosotros —dijo Vito.

Nina sabía que existía aquella carta, pero Nadia no se la había enseñado. Se preguntó si su hermana le habría escondido el modo de haber podido evitar casarse con Marc.

—Todos decimos y hacemos cosas sin pensar —le contestó Nina a Vito.

—Es muy amable —dijo Vito—. No creía que fuera capaz de ser así. Me temo que Andre no describió muy bien su personalidad.

A Nina le fue difícil mirar a Vito. Mentir a un anciano, que además se estaba muriendo, le parecía demasiado y no sabía cómo iba a ser capaz de aguantar el resto de la cena. Justo en ese momento, alguien del personal llamó a la puerta para informar de que Nina tenía una llamada.

Cuando se levantó de la mesa, sintió el peso de la mirada de Marc sobre ella. Tomó el teléfono más cercano que encontró, en la biblioteca.

–¿Hola?

–Nina, soy yo, tu alter ego –dijo Nadia riéndose tontamente.

–¿Cómo has conseguido este número? ¡Te dije que no me llamaras! Es peligroso.

–Digo yo que puedo llamar a mi propia hermana –dijo Nadia malhumorada–. Mi, *casada con un multimillonario,* hermana –añadió entrecortadamente.

–Tú planeaste todo esto, ¿verdad? No mc cnseñaste aquella carta a propósito –dijo Nina–. Me dejaste pensar que no tenía otra opción más que hacer lo que Marc y su padre me pedían, sin decirme que había un modo de escapar de todo esto.

–Te lo creíste tan fácilmente. ¿Ahora quién es la gemela más inteligente? Te crees muy lista por tener una licenciatura universitaria y por lo bien que se te dan los idiomas, pero no fuiste capaz de encontrar la manera de escapar del plan de los Marcello –Nadia se rió.

–¿Qué es lo que quieres? –espetó Nina–. Ya te he transferido el dinero a tu cuenta bancaria. No me digas que ya te lo has gastado.

–En realidad, sí que me lo he gastado –contestó Nadia–. Por eso te llamo. Quiero más.

–¿*Más*? –preguntó Nina con énfasis.

–Ya me has oído, Nina. Quiero que me pagues regularmente, empezando desde mañana.

–Pero yo no tengo…

–Pídele a tu marido que te pague la asignación –la cortó Nadia–. Quiero que me des casi todo el dinero. Es justo, ¿no crees? Tú tienes a mi hija y yo me quedo con tu asignación.

–No me puedo creer lo que estás diciendo. ¿Qué ha

pasado con Bryce Falkirk y tu gran carrera como actriz?

—Como casi todos los hombres con los que he estado, ha demostrado lo que realmente es y me ha dejado compuesta y sin novio —dijo Nadia—. Por eso es que confío en ti para que le des un giro a mi vida.

—¿No depende eso de ti?

—Una llamada telefónica, Nina —le recordó Nadia con frialdad—. Eso es todo lo que tengo que hacer. O tal vez le haga una visita a tu marido. Eso sería incluso más efectivo, ¿no estás de acuerdo?

—No te atreverías —dijo Nina con rabia.

—Oh, ¿estás segura? —provocó Nadia.

—Me quitaría a Georgia sin pensarlo —dijo Nina—. La destruiría; ella piensa que soy su madre.

—¿Crees que me importa lo que le pase a esa niña? Nina, esto es una cuestión de dinero. Sólo haz lo que se te dice y tu pequeño secreto estará a salvo. *Ciao* por ahora.

Nina volvió hundida al comedor. Sabía que no tenía otra opción más que decirle a Marc la verdad primero, antes de que su hermana lo hiciera, pero no sabía cómo.

—¿Está todo bien, Nina? Parece que te han dado malas noticias —preguntó Marc.

—No… no era nada importante —Nina se esforzó en sonreír—. Siento haber interrumpido la cena.

—No pasa nada —dijo Vito—. De todas maneras, yo me voy a retirar temprano. Estoy muy cansado. *Buonanotte*.

—¿Sabes lo que creo que debemos hacer, *cara*? —dijo Marc, una vez que su padre hubo abandonado el comedor, tomando a Nina de la mano.

–N... no... ¿qué debemos hacer?

–Creo que debemos hacer lo mismo que mi padre y retirarnos temprano. Mientras estabas hablando por teléfono, Lucía me aseguro que Georgia está plácidamente dormida, así que tenemos el resto de la noche para estar juntos. Es hora de que comience nuestro matrimonio; en el estricto sentido de la palabra –dijo Marc sonriéndole.

–Marc... yo... –Nina no terminó la frase. Después de pasar una noche en sus brazos se lo diría. Se arrepentiría el resto de su vida si no hacía que él le hiciera el amor como era debido aquella noche.

–Esta vez no te haré daño –dijo Marc.

–Lo sé –Nina se acercó a él. Adoraba que la abrazara.

Subieron juntos a la suite de Marc, que cerró la puerta una vez que estuvieron dentro. Nina sintió como si se le fuese a salir el corazón del pecho por lo deprisa que le latía.

Empezaron a besarse y a desnudarse mutuamente, se sentaron en la cama y Marc, besando a Nina, hizo que se tumbara. Empezó a besarle los pechos y cuando bajó su mano hacía el sexo de Nina, ésta, aunque sentía miedo, estaba emocionada.

–Nina, relájate –dijo Marc suavemente–. Déjate llevar.

Marc la acarició con suavidad y cuidado, haciendo que Nina gimiese de placer, haciendo que sintiera que todo su cuerpo se derretía.

Una vez que Nina se hubo relajado totalmente, Marc se puso encima y se introdujo dentro de ella con tal delicadeza que casi le hace llorar de la emoción.

–¿Estás bien? –preguntó Marc, parándose un momento.

–Estoy bien… estar contigo me hace sentir tan… tan… bien –dijo Nina, estrechando aún más el cuerpo de Marc.

Para Marc, aquello era más que bueno, era perfecto.

Se introdujo en ella con más fuerza, ante lo que Nina suspiró de placer. La besó de nuevo, entusiasmado por la sensación de la suave boca de Nina invadida por su lengua.

A pesar de su inexperiencia, Nina podía sentir cómo Marc estaba haciendo esfuerzos para no dejarse llevar. Pero ella quería que se dejara llevar. Quería que cuando la llenara por dentro gimiera su nombre. Quería volar con él.

Lo besó con fervor, abriendo todavía más sus piernas para que él pudiese penetrarla más profundamente y, en ese momento, fue Nina la que perdió el control. Sintió un primer cosquilleo y después un segundo antes de que una explosión de placer la invadiera por todo el cuerpo.

Sintió cómo Marc se ponía tenso; era la quietud de su cuerpo que presagiaba que iba a sumergirse en el paraíso. Dejó que la llenara por dentro y una vez que hubo terminado, lo abrazó tan estrechamente como pudo.

Sintió que su amor por él impregnaba toda la habitación. Pero con dolor recordó que a él no le importaba ella. Su prioridad era Georgia y siempre sería así.

Se dio la vuelta para mirarlo, pensando en lo que le iba a confesar, cuando se dio cuenta de que se había dormido.

–¿Marc? –lo agitó un poco.

No contestó.

Suspiró levemente y se acurrucó sobre él; se lo diría

al día siguiente por la mañana, pero aquella noche se quedaría en sus brazos, que era donde ella deseaba poder quedarse para siempre.

Tan pronto como, a la siguiente mañana, Nina abrió los ojos, supo que algo muy grave estaba ocurriendo. Marc no estaba en la cama y oía voces de gente disgustada.

Se levantó de la cama y fue corriendo a la habitación de Georgia, que justo se estaba despertando y tomó a la niña en brazos. Se dio la vuelta y vio cómo Paloma entraba en la habitación con una expresión desolada.

—Paloma, ¿qué es lo que pasa?

—El *signore* Marcello falleció anoche mientras dormía. Marc está ahora con él.

—¡Oh, no! —gritó Nina.

—Sabíamos que iba a pasar, pero es tan triste —dijo Paloma, que estaba lívida—. Aunque tenía muchos defectos, todos los miembros del personal le tenían mucho cariño.

—¿Puedo hacer algo?

—Ya ha hecho mucho durante el tiempo que ha estado aquí, *signora*. Ha muerto mucho más feliz y en paz por el hecho de haber conocido a su única nieta.

Durante los días que siguieron al fallecimiento de Vito Marcello, a Nina le resultó terriblemente doloroso ver cómo Marc trataba de sobrellevar el dolor por la muerte de su padre mientras mantenía el negocio familiar y los asuntos de la casa. Lo que había planeado contarle era inconcebible en aquel momento. Apenas podía soportar el estrés de arreglar todo para el funeral de su padre y la afluencia de llamadas de todo el mundo para darle condolencias. Nina hizo lo que pudo, tratando de quitarle algunas cargas, abrazándolo por las noches mientras que él se acurrucaba en su cuerpo, como si el estar con ella fuese la única válvula de escape que podía encontrar para hacer más llevadero el dolor por la muerte de su padre.

El día después del funeral, Paloma informó a Nina de que Marc quería hablar con ella en su estudio. Cuando llegó, le impresionó ver lo cansado que estaba.

—¿Querías verme, Marc?

—He estado pensando. Quiero hablar contigo del futuro de Georgia.

A Nina le dio un vuelco el corazón al pensar que, tal vez, la muerte de su padre le había hecho darse cuenta de que no podía estar casado con alguien a quien no amaba.

—¿Q… qué pasa con su futuro? –preguntó Nina con cautela.

—Quiero adoptar formalmente a Georgia. Quiero ser su padre, no su tío –Marc prosiguió–. No puedo hacer nada para devolverle a su verdadero padre y, cuando llegue el momento, le hablaré de él. Pero, por ahora, quiero ser su padre de todas las maneras posibles.

Nina no sabía qué decir. Nadie podía cuestionar la capacidad de Marc para ser un buen padre, pues trataba a su sobrina con un infinito amor, pero ella no le podía decir que siguiera con los trámites de la adopción cuando ni siquiera era la madre de la niña.

—No parece que te entusiasme mucho —observó Marc tras un largo silencio.

—Yo… yo no creo que sea tan buena idea.

—¿Por qué no?

—Nadie puede ocupar el lugar de Andre. Es su padre aunque ya no… esté aquí.

—*Cristo*, Nina, estoy haciendo todo lo que haría un padre. La estoy manteniendo y cuidando. No entiendo por qué me tiene que llamar *tío* por el resto de su vida.

—Tú no eres su padre.

—¿Crees que no lo sé?

—No confío en ti lo suficiente como para dejarte dar ese paso —dijo Nina.

—Me casé contigo, ¿no es así? Eso es más de lo que hizo mi hermano —Marc suspiró exasperado.

—Sólo lo hiciste porque te sentías obligado.

—¿Y qué hay de malo en ello? ¿A qué no te esperabas que me enamorara de ti?

—No, claro que no. Pero no puedo evitar pensar que escondes algo. En cuanto baje la guardia, vas a apartarme de Georgia. Me has amenazado con ello muchas veces.

—Entiendo tus miedos y me disculpo por haberte amenazado de tal manera, pero créeme, tenía que asegurarme de que Georgia estuviera bien. Había oído tantas cosas sobre ti que no confiaba en que la cuidaras del modo que ella necesita.

—¿Y ahora qué? —preguntó Nina mirándolo—. ¿Confías ahora en mí?

—Ya no tengo las dudas que tenía antes. De todas maneras, estaría más contento si fuera oficialmente el padre de Georgia.

—Pensaré en ello —dijo Nina para ganar tiempo.

—Supongo que me tendré que dar por satisfecho por el momento, pero te advierto, Nina, que no voy a descansar hasta que no consiga lo que quiero.

Nina sabía que lo decía en serio y el problema era que ella estaba en el camino de que lo consiguiera. Nunca podría llegar a ser el padre de Georgia, a no ser que se enterara de su engaño.

—Hay algo más que deseo decirte —dijo Marc después de un corto, pero tenso silencio—. Tengo una cena de negocios esta noche en Positano. No me puedo escapar... hay gente que desea verme antes de que vuelva a Sidney. Sé que te aviso con poco tiempo, pero me gustaría que vinieses conmigo. Lucía cuidará a Georgia; ya lo he hablado con ella.

Nina se quedó pensando.

—¿Tienes otros planes? —preguntó Marc con un tono un poco duro.

—No. No, claro que no.

—Salimos a las siete. Vístete con algo que sea largo; es una cena formal.

Cuando, aquella noche, Nina bajó las escaleras vestida con un vestido de raso negro, Lucía le dirigió una sonrisa de aprobación.

—¿Voy bien? —preguntó Nina al ama de llaves.

—Marc no va a ser capaz de resistirse esta noche, Nina —dijo Lucía.

—Tú sabes la verdadera razón por la que se casó conmigo, Lucía.

—Sí, pero las cosas han cambiado, ¿o no es así? Compartes su cama como una esposa normal. Eso está bien.

—Él no me ama. Él me odia por… por lo que le hice a su hermano —dijo Nina.

—Pero tú no le hiciste nada a su hermano, ¿verdad, Nina?

—¿Qué quieres decir?

—Tal vez hayas engañado al *signore* Marcello, pero a mí no se me engaña tan fácilmente. Me llevó unos pocos días darme cuenta, pero tú no eres la madre de Georgia, ¿verdad? —Lucía sonrió con complicidad.

—¿P… por qué dices eso? —Nina se agarró con fuerza al pasamanos de la escalera.

—No es posible que seas la mujer que sedujo a Andre.

—¿P… por qué no?

—Porque yo conocí a la mujer por la que tú te estás haciendo pasar.

—¿*Has conocido a Nadia*? —Nina se la quedó mirando perpleja.

—Sí. Fue a la casa para ver a Andre. Yo me había quedado despierta más tarde de lo normal aquella noche y me acerqué a ella. Era como esperaba; superficial y vanidosa. Para ella, yo sólo era una sirvienta sin nombre. Los primeros días después de que tú llegaras a la casa estaba confundida. Te comportabas como ella, tenías su apariencia e incluso hablabas como ella. Tuve mis sospechas cuando recibiste aquella llamada telefónica; aquella voz era muy parecida a la tuya. Entonces comprendí lo que pasaba. Yo tengo hijos gemelos y cuando eran pequeños solían hacerse pasar el uno por el otro.

—¿Se lo has dicho a Marc? —Nina tragó saliva.

—No. Pensé que eso te lo dejaría a ti.

Nina se mordió el labio.

–Se lo tienes que decir, lo sabes –dijo Lucía.

–Lo sé –dijo mirando con angustia al ama de llaves–. Pero no sé cómo hacerlo. Ha pasado por tanto últimamente... que no quería hacerle más daño. Me siento tan culpable.

–La que se tendría que sentir culpable es Nadia, no tú. Me imagino que te dejó a Georgia, ¿no es así?

–Sí. Créeme, es lo que ha hecho siempre –Nina suspiró–. Nuestra madre era exactamente igual: inquieta, malhumorada, impulsiva e irresponsable.

–Él lo entenderá –le aseguró Lucía–. Es un buen hombre, Nina. Será bueno contigo una vez que sepa quién eres realmente.

Nina deseó ser tan optimista como ella. No veía a Marc tomándose la noticia tan bien.

–Deséame suerte, Lucía –dijo Nina sonriéndole tímidamente cuando oyó que Marc se aproximaba.

–Simplemente sé como tú eres –le recomendó Lucía–. Eso es todo lo que tienes que hacer.

La cena se celebró en un pequeño, pero elegante restaurante. A Nina nunca antes le había apetecido menos tratar con gente. Permaneció al lado de Marc, tomándolo por el brazo y sonriendo a todos los que le presentaron. Pero estaba pensando en otra cosa y estaba deseando que la cena terminara.

En un determinado momento fue al servicio y, mientras estaba allí pensando en lo que le tenía que decir a Marc cuando volvieran a casa, pudo escuchar la conversación que mantuvieron dos mujeres, que aunque era en italiano, lo entendió todo.

–Oí que bailaba en toples en un club cuando su

hermano la conoció. Por lo visto, tuvieron una aventura amorosa durante un tiempo, pero Andre decidió volver a los brazos de su novia para recuperar la decencia.

—Oí que tuvo un bebé —dijo la otra mujer.

—Sí. Se rumorea que por eso Marc se casó con ella. Quiere a la niña de su hermano y casarse con la madre de la niña era la única manera de tenerla.

—Espero que no se arrepienta. Las mujeres como Nadia Selbourne son problemáticas.

—Parece ser que ahora se hace llamar Nina —dijo la otra mujer con una risita–. No hay duda de que se quiere distanciar de su pasado. Pero la verdad es que tiene un cuerpo estupendo teniendo en cuenta que no hace mucho tuvo un bebé. Me pregunto si Marc habrá estado tentado de acostarse con ella.

—Están casados, ¿no es así?

—Marc Marcello es conocido por ser muy exigente con las mujeres con las que se acuesta —dijo la mujer–. Sólo se ha casado con ella para poder estar con la niña. Pero ya sabes lo que dicen sobre los hombres: que no piensan con la cabeza, sino con lo que tienen entre las piernas.

—A mí no me importaría ver lo que él tiene entre las piernas —dijo la otra mujer mientras salían del servicio.

Nina se tapó la cara con las manos y gimió, pensando en la posibilidad de que las cosas empeoraran.

Marc se levantó cuando Nina volvió a la mesa.

—¿Quieres bailar?

En un primer momento, deseó poder poner alguna excusa, pero decidió que sería mejor bailar que quedarse allí sentada con el resto de los invitados. A saber qué más habrían oído decir de su hermana.

—Está bien —dijo Nina—. Pero debo advertirte, bailo muy mal.

Marc la llevó a una esquina del salón dónde había menos gente y bailaron.

—Andre me dijo que eras una bailarina estupenda —dijo Marc.

—No sé nada sobre eso —contestó Nina, apartando su mirada de él.

—Has estado como ausente toda la noche. ¿Qué es lo que pasa? ¿Te preocupa tener que quedarte en Sorrento más tiempo del que habíamos planeado? Lo siento, pero no he podido hacer otra cosa. Tengo asuntos que arreglar aquí antes de que podamos volver.

—No, no es eso —Nina miró a Marc y finalmente tomó una decisión—. ¿Nos podemos ir a casa? Tengo que hablar contigo… a solas.

—¿Es eso lo que quieres? —preguntó Marc acercándola más a él.

—Sí.

Mientras se dirigían de regreso a la casa, Marc apenas habló.

—Estás muy guapa esta noche —le dijo finalmente nada más llegar a la villa.

—Marc… —Nina se humedeció los labios y, antes de que se diera cuenta, Marc estaba besándola, allí mismo, nada más salir del coche.

Sintió cómo se derretía por aquel beso cuando empezó a besarla con más pasión. Empezaron a tocarse mutuamente, él acarició sus pechos mientras que ella acariciaba su cuerpo. Marc le apartó el vestido, tocó su sexo, acariciando cada centímetro de aquella íntima parte de su cuerpo, penetrándola después hasta que Nina ya no pudo aguantar más y volvió a sentir de nuevo aquella explosión de placer, como si en vez de sangre fueran burbujas de champán las que recorrían sus venas. Se sintió desconectada de todo, como si nadara en un océano de placer.

Cuando abrió los ojos, se encontró con los oscuros ojos de Marc mirándola; él también iba a alcanzar su pináculo de placer, su éxtasis.

–No te escondas de mí, Nina. Me gusta ver el brillo del placer en tus ojos –le dijo Marc tomándola por la barbilla cuando ésta trató de apartar su mirada.

–No me estoy escondiendo de ti –le aclaró Nina soltándose de él–. Vamos adentro, tengo frío.

Marc la siguió hacia la casa frunciendo levemente el ceño.

–¿Qué pasa? –le preguntó Nina a Lucía, que estaba dando vueltas en el vestíbulo–. ¿Está bien Georgia?

–Georgia está bien –contestó Lucía, dirigiendo su mirada hacia el salón.

–¿Qué es lo que está pasando? –preguntó Marc mientras cerraba la puerta tras de sí.

–La *signora* Marcello tiene una visita –contestó Lucía tras mirar a Nina con angustia.

A Nina le invadió el pánico, se quedó blanca y le temblaron las piernas.

–¿Quién es? –preguntó Marc–. ¿Alguien que yo conozca?

La puerta del salón se abrió. Marc alzó la mirada y vio a una persona exactamente igual a su esposa.

–Hola, Marc –susurró Nadia.

Nina sintió el peso de la mirada de Marc posándose

en ella, con un gesto de incredulidad, impresión e inconfundible enfado.

–¿Me vas a decir qué demonios está pasando o se supone que lo tengo que adivinar? –preguntó Marc con un tono de voz muy agudo.

–Te lo iba a decir… –contestó Nina tragando saliva.

–¿No es una pequeña muy traviesa, Marc? Haciéndose pasar por mí para así poder quedarse con algo de la herencia de Georgia –dijo Nadia acercándose a él.

–¡Eso no es verdad! –gritó Nina, agarrando el brazo de Marc para que éste la mirara.

Marc miró con desprecio la mano que Nina había puesto en su manga mientras la apartaba de él y le pidió al ama de llaves que los dejara solos.

–Las dos –Marc indicó hacia la puerta del salón–. Entrad aquí… inmediatamente.

–Ahora, vamos a empezar desde el principio –dijo Marc una vez se hubo cerrado la puerta–. ¿Cuál de las dos es la madre de Georgia?

–Soy yo –Nadia dio un paso al frente–. La dejé con Nina por un corto periodo de tiempo para encontrarme con que se había hecho pasar por mí a mis espaldas.

–¡Yo no hice eso! –dijo Nina, con los ojos echando chispas–. ¡Tú la abandonaste!

–No la escuches –dijo Nadia, fingiendo estar a punto de llorar–. Yo quiero a mi hija; es todo lo que me queda de Andre. Nina estaba celosa. Lo que siempre quiso fue casarse y tener un hijo. Te engañó para que te casaras con ella.

–¡Marc! –Nina se volvió para mirarlo–. ¡No debes escucharla! ¡Se lo está inventando!

–Me gustaría hablar con mi… Nina a solas un momento. ¿Nos disculpas? –le dijo Marc a Nadia después de mirar un segundo a Nina.

–Te contará más mentiras para tratar de encubrirse. Lo hizo por dinero. A pesar de lo que ella dice, es detrás de lo que va –dijo Nadia levantando la barbilla.

Marc agarró a Nina por el brazo y subieron a su habitación. Nina esperó a que él hablara.

–Será mejor que puedas explicarme tu comportamiento o le juro a Dios que desearás no haber nacido –dijo Marc, mirándola con dureza.

–Te lo iba a decir…

–¿Cuándo? –la interrumpió Marc–. ¿Cuándo me ibas a decir que me has engañado de una manera tan despreciable?

–No lo hice a propósito… –empezó a decir Nina.

–¡No me mientas! –gritó Marc–. Me has tomado el pelo desde el principio. No me puedo creer que hayas caído tan bajo. ¿Ha merecido la pena? ¿Te has reído mucho a mis espaldas por la manera en la que me has engañado?

–¡No! Yo…

–Maldita seas, Nina –dijo acercándose a ella–. Me has tomado el pelo y no te lo voy a perdonar.

–Marc… por favor, déjame que te explique –le pidió Nina, agitando las manos–. No pretendía llevar esto tan lejos. Cuando te presentaste en mi piso aquel día, yo estaba tan preocupada de que me fueras a quitar a Georgia que tenía que hacer algo. No sabía que iba a conducir a todo esto. Te juro que no lo sabía.

–¿Por qué no me lo explicaste cuando tuviste la oportunidad? –preguntó Marc–. Me has estado contando una serie de mentiras durante todo el tiempo. Has tenido numerosas oportunidades para decírmelo y aun así no lo hiciste.

–¡Lo sé! Lo siento… tenía miedo. Pensé que no me

dejarías ver a Georgia nunca más. Estabas amena-
zando con llevártela; no tuve otra salida.

–Debes pensar que soy el más tonto del mundo,
pero no te olvides que sé que en cuanto te ingresé el dinero en tu cuenta te lo gastaste –dijo Marc, apartándose de ella.

–¡No me lo gasté! Se lo di a Nadia porque estaba
insistiendo…

–Lo planeasteis las dos juntas, ¿no es así? –Marc
estaba colérico.

–¿Qué? –Nina lo miró desconcertada.

–Ya veo lo que has estado haciendo. Has jugado
muy bien al juego de hacerte pasar por tu hermana gemela. Cambiabas de personalidad con sólo guiñar un
ojo.

–No estoy orgullosa de lo que he hecho pero…

–¿Te divertiste, Nina? ¿Fue divertido tomarme el
pelo? ¿Te lo pasaste bien? ¿Disfrutaste con el hecho de
ver que, a pesar de mi intención de no hacerlo, me
acosté contigo? –le preguntó Marc ofendido.

–Nunca tuve la intención de acostarme contigo.
Tienes que creerlo.

–¡No me creo nada de lo que digas! –espetó Marc–.
¿Como podría, después de todo lo que has hecho?

–No pretendí hacerte daño.

–¿Hacerme daño? –Marc la miró con desdén–. Si
quisieras hacerme daño, lo tendrías que intentar mucho más, Nina. Estoy acostumbrado a las mujeres de tu
naturaleza y sé cómo protegerme –se dio la vuelta para
abrir la puerta–. Te doy de plazo hasta mañana al me-
diodía para que te marches de mi casa. Te mandaré los
papeles del divorcio en cuanto me des una dirección
donde poder mandarlos.

Nina se le quedó mirando. No se podía mover por la impresión.

—¿No me has escuchado? —preguntó Marc.

—Quiero ver regularmente a Georgia —dijo Nina, tratando de no llorar.

—Eso dependerá de su madre.

—A Nadia no le importa Georgia. Sólo le importa ella misma. Abusó de ella y lo hará otra vez como solía hacer nuestra madre.

—Tu hermana es la madre de Georgia y por lo tanto su tutora legal. Tú no tienes nada que decir.

—Ni tú tampoco.

—Sin ninguna duda, tu hermana y yo llegaremos a un acuerdo que nos satisfaga a ambos.

—Mientras que haya mucho dinero por medio, Nadia estará muy satisfecha —dijo Nina con amargura—. Pero debes pensártelo dos veces antes de dejarla a solas con Georgia. No se puede confiar en ella.

—¿Y tú crees que en ti se puede confiar plenamente? —dijo Marc con desdén—. Tú, que me has mentido cada vez que has tenido la ocasión. ¿Por qué debería creer una sola palabra de lo que dices?

—Yo quería lo mejor para Georgia. Ése era mi único objetivo. No me importa si no me crees.

—Preferiría que no tuviese que verte más. Voy a disponer que un coche te lleve al aeropuerto, pero por lo que a mí respecta, no quiero tener que verte más.

Nina se dio cuenta de que a Marc le salía el odio hacia ella por cada poro de su cuerpo. Se marchó a su habitación sin dejar que él se diera cuenta de lo hundida que estaba. Se echó en la cama llorando. Unos minutos después, tomó unas pocas cosas y las metió en una mochila que se colgó del hombro. Fue a la habitación de Georgia y se quedó mirando a la pequeña, con el corazón en un puño, durante un momento.

–Adiós, cariño. No me olvidaré de ti mientras viva. Haría lo que fuese para que te quedaras conmigo, pero Marc… –Nina se mordió el labio–. Marc no me quiere. Te quiere a ti, cielo. Te quiere mucho. Sé que será un padre maravilloso contigo.

Nina cerró la puerta de la habitación de la niña con cuidado y, sin apenas hacer ruido, salió de la casa y de la vida de Marc cómo si nunca hubiese estado en ellas.

Marc volvió al salón, donde encontró a Nadia sirviéndose un vaso de su mejor vino.

–¿Has resuelto todo, Marc? ¿Ha confesado? –preguntó Nadia, con una seductora sonrisa.

Marc no contestó y se paso una mano por el pelo de una manera distraída.

–Ella siempre ha tenido celos de mí –continuó diciendo Nadia–. Yo siempre he sido la que ha tenido novios. Nadie se fija en ella porque es muy vergonzosa. Patético, ¿no crees? Todavía es virgen, a no ser que tú te hayas encargado de eso. ¡Con veinticuatro años! ¿Te lo puedes creer?

Marc se quedó helado.

–¿Creo que te quieres quedar con Georgia? –preguntó Nadia.

–Sí.

–Yo no puedo darle lo que tú le puedes dar –dijo Nadia, mirando a Marc–. Pero si quieres adoptarla… bueno… –Nadia sonrió avispada–. Yo no me voy a poner en tu camino si el precio está bien, hay que hablarlo.

–Pon un precio.

Nadia dijo una cifra que, en otras circunstancias, hubiera dejado impresionado a Marc.

–Tendré los documentos legales preparados por la mañana –dijo Marc.

–¿Por qué no me das un adelanto ahora? Necesito encontrar un sitio donde quedarme… a no ser que tú tengas una cama que yo pueda usar –dijo Nadia, todavía sonriendo.

–¿Cuánto? –preguntó Marc, buscando su cartera.

–Ya sabes… –dijo Nadia acercándose a Marc–. Eres mucho más amable que tu hermano. Él no me dio nada al final.

–Te dio una hija –dijo Marc apartándose de ella.

–Nunca quise a Georgia. Sólo la tuve porque Nina insistió.

Marc no podía creer cómo dos hermanas, que además eran gemelas, podían ser tan diferentes. No se había dado cuenta hasta aquel momento.

–Voy a pedirte un taxi –dijo Marc, acercándose al teléfono.

–¿Estás seguro de que no quieres que me quede y te haga compañía? –Nadia le guiñó un ojo.

–No, no quiero –Marc sujetó la puerta para que Nadia saliera–. Ya nos veremos.

Una vez que Nadia se hubo marchado, Marc subió a la planta de arriba en busca de Nina, dispuesto a disculparse. Nina no era como Nadia. Era leal, capaz de casarse con un hombre al que ni siquiera conocía para proteger a su sobrina. Era desinteresada, vergonzosa y, Marc tragó saliva al pensarlo, había sido virgen hasta estar con él.

—¿Nina? —llamó a su puerta pero no hubo respuesta. Abrió la puerta y se encontró con que Nina no estaba en la habitación, que estaba revuelta, con signos de que ésta había agarrado unas pocas cosas para marcharse, sin preocuparse por llevarse todo consigo.

—¡Nina! —gritó Marc mientras se dirigía a la habitación de Georgia.

Georgia se despertó por el ruido de la puerta al abrirse y comenzó a llorar.

—Hola, pequeña —Marc tranquilizó a la niña en sus brazos y se la llevó consigo a buscar a Nina por toda la villa.

Georgia no paraba de llorar y cada vez lo hacía de una manera más desesperada.

—No llores —suplicó Marc—. No te preocupes, la vamos a encontrar. *Tenemos* que encontrarla.

Después de estar buscándola durante veinte minutos, supo que no había nada que hacer. Nina se había ido y él estaba allí, con la pequeña en brazos llorando por la que ella consideraba su madre.

Capítulo 15

NINA decidió no tomar un avión en Nápoles sino un taxi hasta Roma. Compró el primer billete de avión que encontró para volver a Sidney. Cuando llegó, destrozada, se quedó durante una semana con Elizabeth, sin apenas salir de su habitación. Tenía los ojos rojos de tanto llorar y se estaba quedando cada día más delgada.

Cuando ya llevaba siete días en su casa, Elizabeth se sentó en la cama de Nina y frunció el ceño, preocupada.

–Vamos, Nina. No te quedes aquí tumbada. Ve y dile cómo te sientes. En el periódico de ayer decían que ha vuelto a la ciudad.

–No puedo –sollozó Nina.

–Sí que puedes –insistió su amiga–. Le quieres a él y quieres a Georgia. Él necesita saberlo.

–Él me odia.

–¿Cómo lo sabes? Tal vez las cosas hayan cambiado. ¿Quién sabe? Una buena dosis de Nadia quizá le haya abierto los ojos.

–Es mi culpa, por no haberle dicho la verdad desde un principio. Tiene todo el derecho de estar enfadado. Se casó con la mujer que no era.

–¡Vaya estupidez! –dijo Elizabeth–. Si me pides mi opinión, se casó con la mujer que debía. Tú tienes todo

lo que él necesita. Eres leal y fiel y prefieres hacerte
daño a ti misma antes que hacérselo a otra persona.
¿Qué más puede desear un hombre?

–Quisiera poder decirle cómo me siento –dijo Nina,
con la emoción reflejada en la cara.

–Hazlo –Elizabeth le acercó el teléfono–. Llámale y
dile que quieres verle.

Nina se quedó mirando el teléfono durante un largo
rato.

–Vamos –insistió Elizabeth–. Dime su teléfono y yo
lo marcaré por ti.

–No… no. Le llamo yo –dijo Nina, tomando el teléfono con una mano temblorosa.

–¡Muy bien! –Elizabeth le dirigió una sonrisa espe-
ranzadora–. Me marcho para que llames tranquila.
Buena suerte –dijo desde la puerta.

Nina le dirigió una tímida sonrisa a su amiga y empezó a marcar el número de teléfono.

–¿Nina? –contestó Lucía–. ¡*Dio*! ¿Dónde estás?
¡Hemos estado tan preocupados! Georgia no duerme y
Marc está…

–¿La niña está bien? –preguntó entrecortadamente
Nina.

–Echa de menos a su madre –dijo Lucía.

–¿Dónde está Nadia?

–A esa madre no… a ti. Tu hermana agarró el dinero y se marchó –dijo Lucía indignada.

–¿Qué dinero?

–El dinero que pidió a cambio de Georgia –le informó Lucía.

–Y… ¿Marc? ¿Cómo… cómo está? –preguntó
Nina con los ojos cerrados.

–Está enfadado.

—Ya lo sé —Nina se mordisqueó el labio—. Él no tiene la culpa.

—¿Dónde estás? —preguntó Lucía—. Él querrá verte.

—Me dijo que no quería verme nunca más.

—Eso era entonces. Ahora es distinto. Ven esta noche. Me llevaré a Georgia a mi casa para que vosotros dos podáis arreglar las cosas.

—No sé si se pueden arreglar.

—Simplemente ven, Nina. Es aquí donde debes estar.

Nina estaba sentada en el sofá en la casa de Marc, cuando oyó que su coche llegaba. Había estado una hora con Georgia antes de que Lucía se la llevara con ella a su casa.

Cuando oyó que se abría la puerta del salón, se levantó nerviosa.

Marc se quedó paralizado cuando vio a Nina. Se quedó pálido.

—¿Nina? —dijo acercándose a ella—. ¿Eres tú?

—Sí, soy yo.

—No estaba seguro… —Marc se revolvió el pelo—. Esperaba a tu hermana. Ha llamado hoy, pidiendo más dinero.

—¿Qué le has dicho?

—No puedo decir mucho hasta que los papeles de la adopción estén en regla —contestó Marc mirándola fugazmente.

—¿Te está permitiendo adoptar a Georgia?

—Sí, por un precio, desde luego.

—Desde luego.

—¿Por qué estás aquí? —preguntó Marc, mirándola de nuevo.

–Quería ver a Georgia.

–¿Eso es todo? –Marc sostuvo la mirada de Nina durante unos interminables segundos.

–No –Nina respiró profundamente–. Quería verte a ti también.

–¿Por qué? –preguntó como si creyera que ella también le iba a pedir dinero.

–Quería decirte que siento lo que hice. Pensaba que estaba haciendo lo mejor para Georgia pero… ahora me doy cuenta de lo equivocada que estaba. Pensaba que me la ibas a quitar, pero ahora sé que no eres el hombre duro que aparentas ser. Eres… –tuvo que parar por un sollozo–. Eres el hombre más maravilloso que jamás he conocido.

–Tú eres la madre de Georgia de una manera que tu hermana nunca podrá ser –dijo Marc emocionado–. No debí hablarte de la manera en que lo hice. Estaba tan enfadado por cómo me habías engañado, que no me paré a pensar en lo que has tenido que sacrificar para proteger a Georgia de Nadia.

–¿Q… qué quieres decir?

–Te entregaste a mí. No tenía ni idea de lo que estabas haciendo en aquel momento. Simplemente pensé que habías tenido un parto difícil, jamás pensé que fueras virgen.

Nina se enrojeció y miró hacia otro lado.

–No –Marc se acercó a ella y la abrazó–. No me escondas más la verdad. Te entregaste a mí y quiero saber por qué.

–Yo… –Nina apartó su mirada de la de Marc–. No lo pude evitar. Nunca antes me había sentido así. Creo que me enamoré de ti aquel primer día que fuiste a mi piso.

–He sido injusto contigo de una manera tan detestable. ¿Cómo puedes amarme? –preguntó Marc, apoyando su cabeza en el cuello de Nina.

–Simplemente te amo. No hay ninguna razón. Simplemente te amo.

–No me puedo creer lo que estoy oyendo. ¿Quieres decir que me perdonas lo que te dije? –preguntó Marc atormentado.

–Estabas enfadado.

–No sólo enfadado –admitió arrepentido–. ¡Estaba tan herido! Te imaginaba riéndote a mis espaldas por cómo me habías engañado.

–¿Creía que dijiste que nunca permitirías que te hicieran daño?

–No eres la única que puede mentir. Claro que me hiciste daño. Me había enamorado de ti a pesar de pensar que eras como tu hermana; a veces te comportabas como ella.

–¿Y aun así te enamoraste de mí?

–¿Cómo no me iba a enamorar de ti? Eras siempre tan cariñosa con Georgia y te portabas conmigo maravillosamente. Suspiraba por ti día y noche y, mientras que me odiaba a mí mismo por ser tan débil, no podía evitar tocarte –dijo Marc, atrayéndola hacia sí.

–No me puedo creer que me quieras –suspiró Nina, apoyada en el pecho de Marc.

–Pues será mejor que te lo creas. Me he vuelto loco tratando de encontrarte. No he comido ni dormido durante días.

–Yo tampoco. Te he echado tanto de menos –Nina le sonrió.

–He estado tumbado despierto en la cama, angustiándome por el modo en que te insulté. Eres la persona más maravillosa que conozco y he sido un tonto en no darme cuenta desde un principio –dijo Marc muy seriamente.

–No seas tan duro contigo. Yo fui la que me equivoqué. Te debería de haber dicho la verdad desde el principio.

–Yo te incité a actuar de esa forma, *cara* –dijo Marc con arrepentimiento–. Me doy cuenta ahora. No permití que me demostraras cómo eras.

–Pero eso ya es el pasado –dijo Nina–. Nos tenemos el uno al otro y tenemos a Georgia.

–Pero tú has perdido tantas cosas –dijo Marc, de nuevo muy serio–. Una boda por la iglesia y una luna de miel. No sé cómo voy a ser capaz de empezar a recuperar esas cosas para ti.

–No me importa tanto la boda como la luna de miel. ¿Cuándo nos podemos ir? –Nina sonrió y se acurrucó en Marc.

–¿Qué te parece si nos vamos ahora mismo? –preguntó Marc sonriendo, levantado a Nina en sus brazos.

Bianca®

Aquella seducción los llevaría por todo el mundo… y finalmente a la cama

Nada más ver a la bella Clea Chardin, Slade Carruthers supo que tenía que hacerla suya. Pero, si Clea quería meterse en su cama, tendría que hacerlo con las condiciones que él pusiera…

Clea no era la mujer que todo el mundo creía, pero la imagen le servía para mantener a distancia a personas como Slade. Llevaba toda la vida poniendo a prueba a los hombres para evitar que le rompieran el corazón. Pero estaba a punto de encontrar la horma de su zapato…

Juego de seducción

Sandra Field

Acepte 2 de nuestras mejores novelas de amor GRATIS

¡Y reciba un regalo sorpresa!

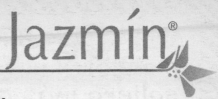

Jazmín®

Bajo el muérdago

Julianna Morris

Aunque no quería tener otra esposa, deseaba ardientemente besar a aquella mujer...

En cuanto se instalaron en Washington la historia empezó a repetirse: el comité de bienvenida de las solteras del lugar, las comidas caseras de regalo... Alex McKenzie era viudo, sí, pero no buscaba una nueva esposa.

Sin embargo, su hijo de cuatro años sí parecía haber encontrado una nueva madre... y justo a tiempo para las vacaciones.

La vecina Shannon O'Rourke era guapa, inteligente y soltera... y no le había llevado ni una tartera con comida casera. Quizá no estuviera hecha para ser la esposa de nadie, pero lo cierto era que Shannon había conseguido que el hijo de Alex volviera a sonreír... algo que él no había logrado.

Deseo®

El soltero más deseado

Donna Sterling

El doctor Jack Forrester no era el típico cirujano. Era un tipo relajado, divertido... el soltero más deseado de la ciudad; todo el mundo en Moccasin Point lo adoraba. Bueno, no todo el mundo, porque había alguien empeñado en destruir su reputación.

Callie Marshall recordaba Moccasin Point con cariño, y ahora había vuelto para investigar al médico local. Su viejo amigo se había convertido en un hombre increíblemente sexy... y totalmente fuera de su alcance.

Como buen médico, sabía cómo curar la fiebre, pero esa vez era él el que estaba provocando que a aquella mujer le subiera la temperatura...